A la orilla del viento...

Primera edición en inglés: 1984
Primera edición en español: 1998
Tercera reimpresión: 2004

Cross, Gillian
    En el límite / Gillian Cross ; ilus. de Guillermo de Gante ; trad. de
Catalina Domínguez. — México : FCE, 1998
    237 p. : ilus. ; 19×15 cm — (Colec. A la orilla del viento)
    Título original On the Edge
    ISBN 968-16-5799-3

    1. Literatura infantil I. Gante, Guillermo de, il. II. Domínguez,
Catalina, tr. III Ser IV. t

LC PZ7 Dewey 808.068 C262e

Coordinador de la colección: Daniel Goldin
Diseño: Joaquín Sierra Escalante
Dirección artística: Mauricio Gómez Morin

Título original:
On the Edge

© 1984, Gillian Cross
Publicado por Oxford University Press, Oxford
ISBN 0.19-271606-9

D. R. © 2001, Fondo de Cultura Económica
Carretera Picacho-Ajusco, 227; 14200 México, D. F.
www.fondodeculturaeconomica.com

ISBN 968-16-5799-3

Impreso en México • *Printed in Mexico*

En el límite

Gillian Cross

ilustraciones de Guillermo de Gante
traducción de Catalina Domínguez

FONDO DE CULTURA ECONÓMICA

Día uno. Domingo 7 de agosto

◆ 11:00 A.M.

Parecía haber estado corriendo desde siempre; sus pies golpeaban contra el pavimento, el sudor le picaba en los ojos. Cada músculo le punzaba como pidiéndole que se detuviera, que se rindiera. Sólo su cerebro lo impulsaba a seguir. Eso y el continuo *bliip bliip bliip* del marcapaso de su reloj.

Dio vuelta a la última esquina al tiempo que las campanas de la iglesia comenzaron a tañer, y vio la puerta de su casa cien metros adelante. Casi no le quedaba aliento, sus pies perdían el ritmo y su garganta estaba tan cerrada que sentía náuseas. Pero no podía rendirse. No ahora. Había decidido correr diez kilómetros y lo haría. Se forzó para dar el último esfuerzo y fijó la vista en la puerta amarilla cuando, de repente, las campanas de la iglesia, la sangre retumbando en sus oídos y su férrea determinación, todas a la vez se fundieron en una gran ola de júbilo y certeza. Se enfiló hacia la casa y sus piernas, que habían estado al límite de su resistencia, parecieron inundarse de vigor nuevo y lo llevaron como si fuera volando hasta que tropezó en la entrada y se desplomó contra la puerta. Sólo entonces miró su reloj.

¡Lo había logrado! Treinta y seis minutos, veinte segundos. Al fin había bajado los treinta y siete minutos. Presionó el botón para cambiar la pantalla del cronómetro por la de la hora y se quitó la llave que llevaba colgada al cuello. Un baño caliente. Eso era lo que necesitaba. Podría quedarse en la tina el tiempo que quisiera sin que nadie lo molestara Y cuando su madre finalmente llegara a casa comerían como reyes. Ese día ella iba a lograr un gran avance en su más reciente investigación y le había prometido filete con papas y un fantástico pastel de crema. Eso le devolvería las fuerzas. Sonriendo, giró la llave en la cerradura y empujó la puerta.

Al hacerlo, lo invadió una sensación primitiva de inquietud. ¡Oscuridad! La casa estaba oscura, como si todas las cortinas estuvieran corridas. Y había algo más…, pero el agotamiento entorpecía sus reacciones y lo único que hizo fue alargar una mano hacia el apagador.

Entonces todo a su alrededor se derrumbó. No se encendió la luz; en cambio, desde atrás, del otro lado de la puerta, alguien se lanzó sobre él. Un brazo rodeó fuertemente su cuello, y una mano contra su cara presionó una almohadilla sobre su nariz.

"¡Lucha!", dijo su cerebro.

Pero no le quedaba fuerza alguna. Sus músculos cedieron y se derrumbó como una pila de cubos de madera derribada por un nene. Debió haber golpeado su reloj, porque el último sonido que escuchó fue el *bliip bliip* del marcapaso. Después, lo envolvió la oscuridad. ◆

Día dos. Lunes 8 de agosto

Quince horas más tarde y a doscientos cincuenta kilómetros de distancia, Jinny Slattery salió a la noche de Derbyshire y aspiró el aire. Olía a estiércol y a paja sucia, con un dejo a col. Un olor totalmente familiar; incluso en la completa oscuridad habría sabido exactamente dónde se encontraba: entre el establo cerrado y el chiquero, con el viento soplando desde la hortaliza.

Pero no estaba tan oscuro. La luna casi llena lucía pálida, detrás de unas nubes dispersas, y las construcciones se alzaban a su alrededor como figuras recortadas. El granero, el cobertizo, el chiquero, el establo cerrado, la ordeña, la lechería. Tres lados de un cuadrado, en el que la casa formaba el cuarto, como una granja de juguete.

Y más allá, cruzando el valle, se perfilaba contra el cielo la oscura silueta de la gran mole rocosa del Límite. No había suficiente luz para distinguir dónde los campos daban paso a la maleza, ni tampoco para ver la hilera de peñascos por debajo de la cima de la cordillera. Pero incluso en la semioscuridad, el Límite se adueñaba del valle, delineando su horizonte que se extendía majestuoso desde la punta del valle en el norte hasta el extremo sur, donde el monte Castle se destacaba más negro que la noche.

Jinny caminó por el concreto polvoriento a un lado del cobertizo hacia la vereda que llevaba al camino. El temor la mantenía alerta, como un animal, de manera que todo era más definido y claro de lo normal. Cuando sonaron las dos en el reloj de la iglesia del pueblo, abajo en el valle, las desafinadas y monótonas notas la hicieron saltar.

Al llegar al bloque de saúcos donde la vereda se unía al camino, su padre salió de las sombras y le puso una mano sobre el hombro.

—Jin.

Ella se sobresaltó sorprendida, y se sintió molesta consigo misma.

—¡Me asustaste!

—¡Shh! —Joe sujetó su brazo y por un segundo Jinny sintió los dedos de él sobre su muñeca, comprobando su pulso. Después asintió con la cabeza—. Sobrevivirás. Vamos.

Eso fue todo lo que dijo. Un momento después se había ido doblando hacia la izquierda en el camino, alejándose del pueblo en dirección a la punta norte. "El *gitano Joe Slattery*", pensó Jinny, recordando el sobrenombre que le habían dado sus amigos de Londres. En las sombras no podía ver su pelo, largo y lacio, alisado detrás de las orejas, ni el arete de oro que usaba. Pero al ver su figura deslizarse junto a la pared, con Ferry, el perro, siguiéndolo de cerca, y la red doblada abultando su hombro, Jinny comprendió por qué a todos les parecía un gitano. Trató de imitar sus movimientos mientras lo seguía, concentrándose en avanzar rápida y silenciosamente, y repasando una y otra vez lo que iba a hacer para no cometer errores.

Cerca de la punta, el valle se bifurcaba. El camino continuaba hacia la derecha, subiendo hacia el páramo. Pero Joe tomó el sendero pedregoso de la izquierda, hacia el valle del Desfiladero. Jinny lo siguió, tratando de seguirle el paso a medida que el camino se volvía más escarpado. Él no la esperó sino hasta que llegó al punto más elevado del sendero; de ahí descendía hacia la hondonada, en la punta del pequeño valle. Puso una mano sobre la cabeza de Ferry y permaneció inmóvil hasta que Jinny lo alcanzó.

Delante de ellos, en la hondonada, estaba la vieja casa de campo que rentaba la señora Hollins. Apenas destacaba, casi oculta por los árboles. A la luz del día, Jinny habría podido ver su techo gris por entre las hojas, pero ahora sólo se veía una mancha más oscura que ubicaba su posición.

Joe la hizo dar cinco o seis pasos más y luego se detuvo junto a la verja. La verja que habían elegido. Jinny tragó con dificultad; de pronto su garganta estaba muy seca. Joe, llevándose un dedo a los labios, señaló con la mano el campo que estaba del otro lado de la verja y levantó el pulgar. Jinny no podía ver su expresión, pero sabía a qué se refería. Joe había ido al campo durante el crepúsculo, mucho antes de encontrarse con ella, a tapar los hoyos del muro. Había rellenado con ramas y arbustos todos los pasos y los lugares donde las piedras habían caído, así que ahora solamente había una salida: la reja junto a la que estaban parados. Jinny volvió a tragar saliva.

Joe descargó la abultada red que llevaba sobre la espalda y comenzó a desenrollarla, la extendió sobre la verja y la aseguró en la parte de arriba. Sus manos se movían con la seguridad de un artesano, hábiles incluso en la oscuridad. Todavía sin hablar, le indicó a Jinny con un gesto el montón de piedras bajo uno de los espinos junto a la verja. Ella asintió y se inclinó para ayudarlo. Una hilera de piedras a lo largo de la barra superior de la verja para mantener la posición de la red; otra a lo largo de su parte inferior, en el suelo, para asegurar la trampa. Cuando terminó, la red quedó colgando, engañosamente invisible, temblando apenas con el viento. Estaba tan oscuro que Jinny apenas podía ver los delicados movimientos de la mano de Joe mientras revisaba cada hueco, comprobando que no hubiera forma de escapar.

Después Joe se puso de pie, cogió a Ferry en brazos y lo pasó al otro lado de la verja. Cuando estaba a punto de saltar, se quedó rígido, con una mano sobre la barra superior.

Desde el camino se oyó el ruido de un automóvil que se acercaba al valle. Al principio el viento lo disimulaba, pero el ruido se hizo más claro al acercarse el auto en la oscuridad. Al llegar a la bifurcación el vehículo disminuyó la velocidad; después, tomándolos por sorpresa, dio vuelta y se dirigió hacia ellos por el sendero.

Joe empujó a Jinny hacia atrás, bajo las ramas de espino, que le arañaron la cara y le jalaron la trenza. Ferry gruñó pero luego guardó silencio. Joe, agachándose bajo el arbusto que estaba frente a ella, metió una mano por el costado de la red y sujetó con los dedos el hocico del perro.

El vehículo avanzaba sobre el sendero pedregoso, rebotando en los hoyos. Primero vieron la luz de sus faros, apuntando hacia arriba, barriendo el cielo con un resplandor que hacía que todo lo demás se viera completamente oscuro. Luego llegó al punto más alto y los faros iluminaron el suelo, destacando cada mata y cada agujero con una extraña claridad. Por un instante, Jinny vio el rostro de Joe, pálido y tenso, los ojos entrecerrados ante el haz de luz.

Entonces el automóvil pasó rugiendo frente a ellos; las llantas giraban al nivel de sus cabezas, levantando el polvo. Jinny cerró los ojos.

"Por favor, Dios, no dejes que nos vean."

Cuando volvió a abrirlos, las luces traseras, de un rojo pálido, brillaban más adelante. Las miró hasta que se desvanecieron cuando el coche descendió por la hondonada, hacia la casa de campo al final del sendero.

Jinny oyó el chirrido de los frenos, el abrir y cerrar de una puerta y un leve murmullo de voces. Era imposible adivinar las palabras, pero la voz de un hombre contestó a la de una mujer. Hubo pasos apresurados y la puerta de la casa se abrió, rechinando al rozar el piso del interior.

Muy lentamente, Joe se deslizó frente a la verja y pegó su boca a la oreja de Jinny.

—Turistas.

—¿Qué vamos a…? —murmuró ella.

Pero él la interrumpió, poniéndole una mano sobre la boca:

—Espera.

Momentos después, la cajuela del automóvil se cerró de golpe y subió un chirrido que se mezcló con el murmullo de las ramas mecidas por el viento. Jinny vio que Joe ladeaba la cabeza para captar el ruido, y ella se afanó también por identificarlo. Sonaba… sí, eso era: como si arrastraran algo pesado por el piso de piedra, frente a la casa. Se asomó al sendero, forzando la vista, pero no se veía nada, excepto los árboles.

Entonces se encendieron las luces de la cabaña. Por unos momentos, los árboles circundantes se iluminaron espectralmente, hasta que corrieron las cortinas.

Jinny se relajó y se recargó contra el arbusto. Su mente se había apartado un poco de lo que estaban haciendo. "No sabía que la señora Hollins hubiera rentado este año", pensó. "Keith nunca me lo dijo." Y se sintió un poco molesta, pues le gustaba que todo estuviera organizado y establecido. Y estar ella al tanto.

Joe le puso el reloj bajo la nariz, regresándola al presente.

—Les daremos media hora para que se instalen —susurró.

Juntos vieron pasar los segundos lentamente, muy lentamente, en la pantalla del reloj. Observaron cómo cambiaban los dígitos, minuto a minuto, hasta que les pareció que siempre habían estado sentados en la humedad del rocío, con los espinos arañándolos y Ferry inmóvil como una piedra al otro lado de la verja.

Pero no llegaron más sonidos de la casa y, transcurrida la media hora, Joe se irguió. Sus dedos tocaron la mejilla de Jinny, no suavemente sino con firmeza.

"Recuerda", quería decir ese roce. "Recuerda todo lo que te dije que hicieras."

Jinny asintió. ¡Como si lo pudiera olvidar! Lo había estado repasando en su mente todo el día, mientras trasplantaba lechugas y buscaba huevos. Joe se alejó. Saltó sigilosamente la verja hacia el campo, deslizándose junto a la pared, con Ferry detrás.

Jinny se incorporó, apoyándose en el poste mientras su pierna derecha hormigueaba. Estaba temblando, no por el frío sino por la emoción y el miedo.

A través del campo se escuchó un débil susurro mientras Joe y Ferry daban un rodeo para llegar al otro extremo. Nerviosa, levantó la cabeza y, en ese instante, la figura de la liebre saltó a su cerebro.

Estaba en su lugar habitual, perturbada por el ruido del carro.

Ahora percibía las sombras que avanzaban furtivamente rodeando la pared. En cualquier momento se alertaría, sentándose sobre sus patas traseras, con los músculos tensos, lista para el peligro.

Como si estuviera frente a ella, la imaginó irguiendo las largas orejas con sus negras puntas fundidas en la oscuridad. Vio crisparse su suave y sensible hocico. Y sus grandes y luminosos ojos fijos en la noche, mientras cada pliegue de su pelambre se estremecía.

Ahora estaría alejándose inquieta del ruido del hombre y del perro, buscando primero un hoyo y luego otro. Y los encontraría obstruidos.

"No seas blanda", se regañó.

Ahora sólo quedaba una forma de salir. Y el hombre y el perro cerraban el cerco. Jinny podía sentir los grandes ojos dorados que volteaban hacia la verja y repentinamente... el pánico. El poderoso empuje de las patas traseras. El destello blanco y negro de una cola que sale al descubierto y corre hacia la verja para escapar.

"No puedo hacerlo", dijo la voz en la cabeza de Jinny.

Pero tenía que hacerlo. Era parte de la vida. Parte de la super-vivencia, de ganarse la comida. "Nunca confíes en nadie", le había dicho Joe. "Asegúrate de poder hacer todo por ti misma." Sólo que... ¿y si no podía? De pronto, Jinny supo que, al primer sonido de la carrera de la liebre, gritaría fuerte y la ahuyentaría.

"¡No puedo hacerlo!"

Pero no hubo ningún ruido. Ni siquiera oyó que se acercara. Sólo un súbito crujido a sus pies y el choque de las piedras que caían de la verja. La liebre había saltado entre los barrotes y caído de golpe en la red.

Aunque su cerebro gritó "no puedo" por última vez, los brazos de Jinny se movieron de manera automática según lo había practicado mentalmente. Su mano izquierda buscó a tientas la peluda cabeza para sentir su forma. Con su mano derecha dio un golpe de canto en el pescuezo de la liebre, donde la frágil médula espinal corría a través de los delicados huesos. Y el cuerpo del animal se desplomó, cálido y sin vida, contra sus tobillos, moviéndose espasmódicamente.

Miró hacia abajo y tragó con fuerza, no muy segura de cómo se sentía. Y antes de que pudiera pensar, Joe surgió de la oscuridad.

—¿Estás bien? —preguntó Joe con voz aguda.

—Claro.

—Muy bien. —Se inclinó y zafó la presa, alzándola por las orejas—. Sostenla mientras enrollo la red.

Jinny vaciló pero Joe le plantó enfrente la liebre, frunciendo el ceño hasta que ella la agarró. Sus dedos rodearon las orejas, y casi

las volvieron a soltar, porque en ese instante un ruido fuerte y áspero rompió el silencio. Un martilleo: el ruido de metal sobre metal.

—¿Qué diablos…? —Jinny se volvió bruscamente. Pero Joe no titubeó. Siguió enrollando la red, con destreza a pesar de la rapidez con que trabajaba.

—No nos incumbe —dijo él secamente.

Eso era lo que siempre decía. Como si uno pudiera ignorar al resto del mundo y aparentar que fuera de la familia Slattery no existía nada más. Sólo que esta vez se equivocaba. El martilleo prosiguió, irregular y fuerte.

—Sí nos interesa —murmuró ella—. Ese alboroto atraerá a todo el mundo. Nos van a descubrir.

—¡Tonterías! —Joe se incorporó, echándose la red sobre el hombro—. La hondonada no deja salir los ruidos. Te apuesto que no puedes oír ni un gorjeo fuera del valle del Desfiladero.

—Pero…

—Vamos, niña. —La empujó para que se pusiera en camino. Luego se controló—. Reconozco que hiciste un buen trabajo. Sin protestas ni remilgos. Toda una Slattery.

Mientras hablaba, el martilleo se debilitó. Cesó por un instante y se reanudó con una nota ligeramente alterada. "No toda una Slattery", pensó Jinny. Quería saber qué estaba pasando. Ya era bastante extraño que llegara gente a media noche. Pero, ¿llegar tan tarde y ponerse a martillar? ¿Qué clase de vacaciones eran ésas? ¿Cómo podía Joe ignorarlo?

Sin embargo, él tenía razón en una cosa. Mientras lo seguía por el sendero, escuchó el ruido del martilleo desvanecerse rápidamente. Cuando llegaron al camino sólo era el vestigio de un sonido que se mezclaba con el viento en los árboles y el balido distante de borregos apenas perceptible.

Sólo otro secreto de la noche. Como las oscuras figuras que se deslizaban por el valle, llevando una red de cazador furtivo y el cuerpo inerte de una liebre.

10:00 A.M.

Pasaron siete horas más hasta que Tug despertó en la cabaña del valle del Desfiladero. El sol de la mañana se colaba a través del vidrio y su cálida luz caía sobre sus párpados. En sus sueños irrumpió el estruendo de una banda de metales. Su cerebro, al salir de la oscuridad, comenzó a tararear automáticamente la letra de la tonada.

Rueda, que avance la barca,
Avance la barca, avance la barca,
Rueda, que avance la barca...

Abrió los ojos y miró..., era absurdo.

Líneas negras, gruesas y muy nítidas, entrecruzándose sobre un fondo pálido y brillante. Un rectángulo enrejado, ligeramente ladeado y sin significado alguno; negro contra azul pálido; oscuridad contra claridad.

...Avance la barca, avance la barca...

Permaneció acostado, quieto; sus ojos afocaban y descansaban, en espera de que el extraño sueño desapareciera para despertar como debía ser, en su propia cama y en su propio cuarto.

Pero esto no sucedió. Cada vez estaba estaba más consciente, pero el extraño diseño negro continuaba ahí arriba y el ritmo de las líneas negra se repetía en su cabeza con el estruendo de los platillos y los timbales.

...Al pasar por Sandgate,
por Sandgate, por Sandgate...

Parpadeó y trató vanamente de acallar la música girando la cabeza lentamente hacia un lado y hacia el otro.

Estaba recostado boca arriba; miraba una ventana en lo alto, un tragaluz, en un tejado inclinado. El techo de un desván, tal vez. Había unos barrotes negros a través del tragaluz. En algún lado, muy cerca, a todo volumen, alguien tocaba una cinta de una banda de metales.

Volvió a parpadear, giró sobre su costado y, de pronto, despertó completamente al ver a la mujer recargada en la puerta. No era especialmente joven, alrededor de los treinta, pero le pareció extraordinaria. Totalmente distinta de cualquier otra mujer que hubiera visto antes.

Todo en ella era largo y delgado. Piernas largas, cabello castaño largo, sujeto con una liga, y unos dedos largos y fuertes que rascaban insistentes en un extremo del papel tapiz. Pero fueron sus ojos lo que atrapó su atención: grandes, brillantes, color avellana, casi dorados. Lo miraban fija y cautelosamente, sin parpadear.

Cuando ella lo vio moverse, sus dedos se crisparon en un puño, se enderezó y dijo algo. Pero él no podía distinguir las palabras debido a la intensidad de la música.

...por Sandgate
La la la la la la.

—¿Perdón? —Su voz salió como un graznido. Tosió y luego habló más fuerte—. No le oí.

Ella puso cara de impaciencia. Metió las manos en los bolsillos de sus pantalones vaqueros, al tiempo que se balanceaba de un pie al otro, y le gritó:

—Te pregunté cómo te sientes.

Tug se incorporó y movió la cabeza. El dolor que se le prendió en la nuca casi le provocó náuseas. Era como si alguien le hubiera saltado sobre el cuello. Cada redoble metálico de la música lo empeoraba. Haciendo una mueca que describía todas esas sensaciones, gritó:

—¿Qué sucedió?

La mujer se detuvo a medio balanceo y los grandes ojos dorados se entrecerraron al acercarse.

—¿No te acuerdas?

Lo intentó. Forzó su mente a que retrocediera, más allá de su somnolencia y de las barreras del dolor de cabeza y del ruido. Recordaba haber estado en casa. Había abierto la puerta delantera y… y luego nada. Hubo algo más después de esto; algo oscuro, inesperado y peligroso. Pero su cerebro huía, desconectándose automáticamente cada vez que se acercaba al acontecimiento. Si al menos no le doliera la cabeza, si cesara la música, tal vez podría lograrlo. Pero no de esta manera ni aquí. No podía fijar en su mente los detalles que deseaba, y todo lo que le quedaba era el presentimiento de que debía ser cuidadoso. Sin mayores razones. Sólo un presentimiento.

—No recuerdo este lugar —dijo astutamente, para poner a prueba a la mujer. En realidad estaba seguro de nunca haber estado allí. Si la mujer quisiera aparentar algo distinto, sabría que no podía confiar en ella.

Pero su respuesta fue espontánea y despreocupada. Así que Tug no pudo captar todas las palabras por entre el ruido.

—Claro… cuando llegamos aquí te caíste… estabas tirado como un pez en una plancha… casi nos sale una hernia por cargarte.

Era algo importante y no podía escuchar. El esfuerzo al intentarlo lo asustó. Se enderezó y gritó a voz en cuello:

—¡La música está muy fuerte! ¡Por favor, apáguela! No podemos hablar.

Ella debió haberlo oído perfectamente, porque estaba bastante cerca y él gritó a toda voz, pero ella no dio muestras de haber escuchado sus palabras. Se alejó de él, balanceándose por el cuarto en dirección a la puerta. Al abrirla, la música estalló, casi ahogando su grito.

—¡Oiga!

Desde abajo se oyó el ruido de pisadas que subían por las escaleras. Pasos de suelas lisas, que llevaban el compás de la banda. Sin prisa.

…la barca, avance la barca, avance la barca…

El hombre que finalmente entró en el cuarto tenía el aspecto de alguien que nunca se hubiera apresurado. Se veía de la misma edad que la mujer, pero mientras ella era nerviosa e impaciente, llena de energía contenida, él se mostraba perfectamente controlado. Bajo su cabello negro y espeso, su cara era sorprendentemente blanca, con unos ojos fríos azul pálido y cejas finas. El contraste era casi perturbador, como si la calidez del rostro se hubiera evaporado, dejando los rasgos congelados. No se molestó en hablar, simplemente se limitó a mirar a la mujer, alzando una ceja. Ésta avanzó hacia él y comenzó a murmurarle al oído.

"Esto es ridículo", pensó Tug. Se recargó en la pared y se les quedó mirando: la mujer se balanceaba ligeramente al mantener su peso en la punta de los pies, el hombre permanecía quieto.

—Miren —dijo Tug. Trataba de sonar lo más cortés y razonable que podía, pero el esfuerzo de hacerse oír por encima de la música lo obligaba a forzar la voz—. Ustedes no entienden. Yo no recuerdo nada. Y no sé quiénes son ustedes. Por favor. ¿Me podrían decir qué sucede?

La mujer avanzó hacia él, pero el hombre le tomó la muñeca, para detenerla; luego, él caminó hacia la cama y se detuvo junto a Tug, mirándolo desde arriba.

—No te esfuerces. —Su voz, fría y llana, se abrió paso a través del ruido—. Te diste un golpe en la cabeza y te ha hecho olvidar algunas cosas. No es nada serio. Estarás bien cuando hayas descansado un poco.

Se dio vuelta como para abandonar la habitación y a Tug le entró pánico. Inclinándose hacia adelante, agarró al hombre por el brazo.

—¡Tiene que decirme qué pasa! ¡Ni siquiera sé dónde estoy! —Hubo una pequeña pausa, dominada por el estruendo de la banda, y entonces el hombre dijo:

—Estamos en la casa de campo que rentamos para las vacaciones. En Derbyshire. ¿Acaso olvidaste que vendríamos a Derbyshire? —Con firmeza arrancó de su brazo, uno a uno los dedos de Tug—. Ahora, trata de dormir. —Y se dirigió a la puerta.

"¿Tratar de dormir?" Era como una burla. Tug deslizó las piernas fuera de la cama:

—¡Quiero saber quiénes son ustedes!

Ambos estaban afuera, en el rellano. El hombre se detuvo, con una mano en el picaporte y casi sonrió. Pero sólo una palabra de lo que dijo se oyó desde la cama.

—…espejo…

Y se marchó. Tug llegó a la puerta diez segundos tarde. Cuando giró la manija y empujó, se abrió un centímetro y nada más. Agachándose, se asomó por la estrecha abertura y vio un pesado candado, que colgaba bien cerrado.

Un candado.

Se quedó frío e inmóvil. La desesperación que lo impulsó a cruzar el cuarto se desvaneció al instante, como agua en la arena. En medio de los trompetazos y los tambores, que fluían por la puerta para atormentar su cabeza adolorida, un terrible silencio llenó su mente. Porque hasta ese momento, desde que abrió los ojos, había supuesto que se trataba de un error. Que comprendería lo que estaba pasando con sólo lograr que lo escucharan y respondieran a sus preguntas.

Pero no había error alguno en un candado. La persona que lo había puesto tenía la intención de tenerlo encerrado. Lo quisiera él o no. Así que, ¿qué podía hacer?

Sabía lo que sentía ganas de hacer: regresar la cama, jalar las cobijas sobre su cabeza y esperar a que todo volviera a la normalidad. Que la policía o la caballería o todo el ejército de los ángeles celestiales se aparecieran y lo regresaran a la vida real. Sólo que estaba algo crecido para creer en hadas madrinas y tenía la desagradable sensación de que *ésta* era la vida real, de ahora en adelante, lo quisiera o no. Las únicas opciones consistían en tratar de mantenerse cuerdo o reptar hacia un rincón y comenzar a mascar el papel tapiz. Y no le gustó el aspecto de esas florecitas azules que trepaban por las paredes.

Se puso de pie. Bueno pues, si no había salida por la puerta, lo primero era examinar el resto del cuarto.

Era un desván, de acuerdo. Un techo inclinado y paredes irregulares, cubiertas con el papel tapiz de flores azules. Los únicos muebles eran la cama, una cómoda a un lado de la puerta y un armario del otro. Nada más, excepto una jarra de plástico para agua sobre la cómoda y una cubeta con tapadera, también de plástico, en el extremo opuesto de la cama. Tug levantó la tapa y olió el desinfectante que formaba una fina capa en el fondo del cubo, y sintió una punzada de temor. Podía adivinar para qué era la cubeta. Eso significaba que ellos no lo dejarían salir del cuarto para nada. Y así lo habían planeado. Su respiración se aceleró y su mirada volvió a recorrer la habitación. Nada que pudiera utilizar como arma y ninguna forma de salir, excepto la puerta y el tragaluz.

Sabía de antemano que por la puerta era inútil. Trepándose a la cama descubrió que su cabeza casi llegaba a la altura del tragaluz. Podía alcanzarlo y agarrarse de la reja de metal.

Eso de nada servía. La reja era de gruesos barrotes y estaba sujeta por unas pesadas armellas clavadas alrededor del marco de la ventana. Era obvio que las habían clavado hacía poco. Las muescas donde el martillo había descarapelado la pintura de la madera estaban frescas y pálidas. Tug se aferró a los barrotes y los sacudió, pero nada se movió. Aunque se colgara de la reja con todo su peso no había posibilidad de aflojarla.

Sin embargo, pudo deslizar la mano a través de una de las aberturas cuadradas, entre los barrotes, y, retorciendo los dedos, abrió el pestillo del tragaluz y empujó un poco hacia arriba la ventana.

Un soplo de aire cálido que olía a polvo y a verano entró flotando.

Al estirar el cuello para escudriñar por la abertura pudo distinguir algunos árboles que crecían muy cerca, sobre una ladera empinada.

¿Realmente era Derbyshire? Tal vez. Igual podía tratarse de Kurdistán o de Venus. Qué podía importarle si estaba atrapado, encerrado en un lugar extraño con gente que no le diría nada. Además llevaba puesta una piyama extraña... afelpada, de invierno, de las que tanto odiaba.

El ruido del otro lado de la puerta invadía constantemente su cabeza, de tal forma que no podía concentrarse en lo que sucedía. Tan pronto como trataba de aclarar su mente, el ritmo lo aporreaba una y otra vez, idéntico, como si el disco estuviera rayado. Y su cerebro respondía con fragmentos de palabras que no podía apartar de su mente.

Por Sandgate,
por Sandgate, por Sandgate
La la la la la la.

Se fue resbalando hasta quedar sentado en la cama y siguió deslizándose hasta que se hizo un ovillo, con la cara escondida entre las rodillas. Nunca se había imaginado que fuera posible sentirse tan asustado y miserable. "Ríndete" gruñía una voz en su interior. "Regresa a la cama, cúbrete la cabeza con las cobijas. No hay nada que hacer."

En ese instante, cuando estaba más desanimado, pensó de repente en Hank. Tan claramente que casi podía ver su pequeña y achatada cara de pequinés mirándolo con enojo. Y sabía exactamente lo que le estaría gritando:

"¡Eso es! ¡Siente lástima por ti! ¡Eres un débil! ¡Mírate! ¡Ni siquiera estás vestido!"

"¡Como siempre!" Gruñó mentalmente, como lo hubiera hecho si ella estuviera allí. "¡El mundo se ha vuelto loco y tú te preocupas por los calcetines limpios!"

Entonces, como lo hubiera hecho si ella estuviera allí, se levantó y caminó hacia la cómoda; sentía cierto alivio al pensar en ella. Donde quiera que estuviera, no se limitaría a quedarse recostada esperando que él volviera a aparecer. Y si había ropa limpia en los cajones probablemente se sentiría mejor si se la ponía. La piyama lo hacía sentir muy vulnerable. Abrió el cajón de arriba, sin muchas esperanzas de hallar algo.

Y allí estaba su preciada camiseta del Palacio de Cristal. La negra, con la pista azul de carreras estampada al frente. Se arrancó la camisa de la piyama y se la puso. ¡Así estaba mejor! Revolviendo en el cajón, encontró su ropa interior y sus calcetines, pero no el pantalón.

¿Tal vez en el armario? Giró en redondo y abrió la puerta: casi dio un grito de regocijo: allí, en el piso del armario, estaban sus tenis de entrenamiento, sus viejos y gastados Nike, con los que había corrido tantos kilómetros. Con ellos puestos podía enfrentar todo. Se apresuró a tomarlos.

Sin embargo, al alargar la mano, algo atrajo su vista; en el interior del armario había un espejo de cuerpo entero. ¿Qué fue lo que el hombre dijo cuando Tug le preguntó quiénes eran? Algo sobre unos espejos. Lenta, cautelosamente se dio vuelta.

Y por una fracción de segundo se sintió en una pesadilla, porque el rostro en el espejo no era el suyo.

Historias fantásticas de ciencia ficción cruzaron por su cabeza.

Historias de gente que se dormía y despertaba en el cuerpo de otra persona, pero duró sólo un instante. Entonces se dio cuenta de la diferencia: su cabello. Sobre la frente le caía un grueso mechón, como siempre, casi sobre los ojos: pero el color era otro. Había esperado ver cabello claro casi blanco de tan rubio; sólo que ahora era negro como el ébano, negro como el pelo del hombre que había dicho "espejo".

Tras ese cabello negro, su piel se veía sorprendentemente desco-
lorida, con unos ojos fríos azul pálido, y cejas delgadas. El contraste era impactante. Al contemplarse de nuevo su cara se veía
inmóvil y aturdida.

Se quedo allí parado durante un largo rato, tratando de no entender, de no creer a sus propios ojos, pero no podía escapar. Con el
pelo negro, su rostro pálido, sin color, se parecía pavorosamente al
rostro del hombre que se acababa de ir. No podía recordar sus rasgos
lo suficiente como para compararlos con detalle, pero, ¿quién notaría
la diferencia si compartían contrastes de color tan extraordinarios?

Casi un parecido familiar.

12:45 P.M.

Jinny salió corriendo por el corral; los patos y las gallinas se disper-
saron en todas direcciones. Cruzó el patio y corrió por el sendero
hacia la carretera, con el lote de piezas de plata apretado bajo el brazo.

El sol intenso la hacía sudar incómodamente; sentía sus pantalones hechos en casa pesados y rasposos y la blusa pegada a la espalda, pero no podía aminorar el paso. Joe quería que el paquete fuera enviado a la Oficina de Aquilatamiento lo más pronto posible, y eso significaba llegar al pueblo antes de que la señora Hollins cerrara la oficina de Correos para el almuerzo.

La gente se le quedó mirando cuando pasó corriendo por la calle principal del pueblo. Incluso ahora, después de nueve años, todavía sentían curiosidad respecto a los Slattery y su extraña forma de vida, allá en el valle. Pero nadie le dirigió la palabra y Jinny pudo ignorarlos hasta que llegó al centro del pueblo donde, como debía haberlo esperado, se encontraba Rachel Hollins sentada a pleno sol en la barda de afuera del Correo, donde se sentía muy a gusto con su padre, el policía, y su madre, la encargada de la oficina. Parecía un gatito acicalado, aburrido y bien alimentado, listo para alguna travesura, y cuando vio a Jinny sus ojos se iluminaron con una alegre malicia.

—¡*Jin!* Hola —en su frente se dibujó una delicada arruga, como un pliegue en un retazo de seda—. ¿No tienes calor con esa ropa?

—No —dijo Jinny bruscamente.

Rachel se estremeció con elegancia.

—Con este clima yo no puedo ponerme otra cosa que no sean vestidos de algodón. —Señaló la delicada madreselva dibujada en su falda—. ¿Te gusta? Es nueva.

A Jinny le hubiera gustado darle un puñetazo en el pecho y tirarla de espaldas sobre la jardinera.

—Es muy bonita. Aunque no es apropiada para trasplantar coles.

De manera instantánea, los ojos de Rachel se suavizaron denotando compasión.

— Ah, lo siento. Soy torpe como vaca en cristalería, presumiendo mi ropa nueva cuando tú no puedes poseer algo así, pues debes pasarte todas las vacaciones cavando en el lodo…

—No hay lodo —dijo Jinny—. Está seco como un hueso.

—¡Ay, eres tan buena! Nunca te quejas. Y pudiste tenerlo todo. Te diré que si mi papá me hubiera hecho eso, yo…

"En cualquier momento", pensó Jinny apretando los puños, "tendré que pegarle". Mientras lo pensaba, escuchó que un carro se detenía, se cerraba una puerta y alguien caminaba detrás de ella.

—¿Nunca te enojas, Jin? —estaba diciendo Rachel con deleite—. Pensar que podías haber estado en Londres con toda la ropa que quisieras, y fiestas y amigos, nada de ese horrible trabajo pesado que tienes que hacer…

De repente, como por milagro, se interrumpió a mitad de la frase. Durante un segundo clavó la vista por encima del hombro de Jinny, mientras su cara se ponía de un rosa intenso. Entonces saltó de la barda.

—Bueno, no tiene caso parlotear todo el día. Tengo que entrar a almorzar. ¿Entonces le digo a Keith que estás aquí?

—No, gracias —dijo Jinny dulcemente, consciente de que alguien estaba detrás de ella—. Vine a la oficina de Correos.

Señaló su paquete para demostrarlo, pero Rachel ya iba camino a la casa. Jinny sonrió y se dio vuelta para ver a la persona que la había salvado de las burlas.

Se encontró con el más extraordinario par de ojos que jamás hubiera visto. Grandes y pálidos, color avellana. Casi dorados. Muy fijos y luminosos bajo la luz del sol.

"Ojos de liebre", pensó Jinny. Y entonces fue ella quien se sonrojó, como si hubiera dicho algo descortés. Porque había algo de liebre en la mujer que estaba contemplando. La cara alargada. Las piernas largas. Y una actitud vigilante, como si los ojos estuvieran atentos ante la presencia de algún cazador. Tomada desprevenida, Jinny dijo lo primero que se le vino a la mente.

—Gracias por rescatarme.

—Tú no necesitas que te rescaten —dijo la mujer-liebre—. Esa muchacha es quien lo necesita. —Señaló con la cabeza en la dirección en que Rachel se había marchado—. Tiene un cerebro como borla para talco.

La mujer metió las manos en los bolsillos de sus pantalones vaqueros y se encaminó hacia la oficina. Por un instante, Jinny la siguió con la vista. Resultaba raro entablar una conversación como ésa con una completa extraña. Pero sus ojos... La hacían sentir que no valía la pena abrir la boca para una plática insulsa. No era de extrañarse que Rachel se hubiera turbado a mitad de sus burlas y hubiera saltado de la barda con esos ojos mirándola fijamente.

La imagen de Rachel huyendo le recordó a Jinny su paquete y se apresuró hacia la puerta de la oficina. Si se retrasaba más, la señora Hollins le cerraría la puerta en las narices.

Apenas logró entrar a tiempo. Al momento de cruzar el umbral, se oyeron en la radio las campanadas del noticiero de la una de la tarde. La señora Hollins frunció el ceño, salió de detrás del mostrador y cerró la puerta, corriendo los pestillos. Era una mujer pequeña dada a hacer grandes aspavientos. Le tomó sus buenos diez segundos voltear el letrero de ABIERTO a CERRADO. Sólo para hacer notar a todos que la estaban haciendo trabajar de más. Entonces volteó a ver a Jinny por encima del hombro de la mujer-liebre.

—Buscas a Keith, ¿verdad? Lo voy a llamar.

—No, gracias —dijo Jinny afablemente, con mucha cortesía para evitar lo que vendría a continuación. Pero fue inútil.

—¿Acaso vienes a gastar dinero? —La señora Hollins simuló un exagerado asombro—. Si es así, ya lo he visto todo. Pensé que ustedes los Slattery no estaban de acuerdo con el uso del dinero.

Sonaba como una burla. Una de esa bromas pesadas que raspaban como lija. Pero Jinny las conocía. Después de todo no era tan extraño para ella llegar con un paquete a la oficina de Correos. Todo el trabajo de Joe tenía que ser enviado a la Oficina de Aquilatamiento antes de terminarlo. No, lo que la señora Hollins quería, y Jinny lo había visto antes, era que alguien la escuchara. Estaba esperando que la mujer-liebre se diera vuelta, divertida y con curiosidad, lista para que le contara todo sobre los Slattery y sus costumbres. A la señora Hollins le encantaba platicar con los extraños sobre la familia Slattery.

Pero la mujer-liebre no parecía prestar atención. Se dirigió hacia el extremo más alejado de la tienda, para escuchar las noticias. Jinny, tratando de encontrar algo que fuera suficientemente importante como para que la salvara de los sarcasmos de la señora Hollins, se puso a escuchar también. Captó claramente la voz del locutor:

Una multitud se ha congregado alrededor de la casa en Shelley Grove, Hampstead, donde un grupo de terroristas mantienen cautivo a Liam Shakespeare, de trece años, hijo de la periodista y locutora Harriet Shakespeare. La policía ha hecho llamados a la gente para que permanezca alejada y no entorpezca las negociaciones con los terroristas, quienes...

—¡Qué cosa más terrible! —Exclamó con dramatismo la señora Hollins—. Ese pobre muchacho. De la misma edad que nuestra Rachel. ¡Nada más de pensar que le hubiera podido pasar a ella!

De repente, la mujer-liebre, que estaba de espaldas a la señora Hollins, sonrió con ironía y magnificencia y volteó a ver el techo. Jinny casi se ahoga al tratar de contener la risa, la señora Hollins se le acercó.

—¿Dónde está la gracia? Te hace reír la idea de ese pobre muchacho encerrado con un grupo de fanáticos, ¿no es así?

—No. No, es sólo que... —era imposible decir la verdad. Jinny dijo lo primero que se le ocurrió— ...es sólo que es un nombre tan fuera de lo común. *Harriet Shakespeare*. Quiero decir, ¡imagínese ser un escritor y llamarse Shakespeare!

Las dos mujeres voltearon y se le quedaron mirando. La señora Hollins se mostraba desdeñosa y la mujer-liebre parecía claramente asombrada. Abrió la boca y sus enormes ojos se hicieron todavía más grandes.

—¿No has oído hablar de Harriet Shakespeare? –dijo bruscamente, como si pensara que Jinny se estaba burlando de ella.

"¡Maldición!", pensó Jinny, y dándose ánimos dijo:

—No, no he oído hablar de ella.

La señora Hollins vio la oportunidad que había perdido antes y la aprovechó.

—Ah, Jinny no se entera de muchas cosas, ¿verdad, querida? —Una sonrisa melosa—. En su casa no hay periódicos, ni radio ni televisión. Crecen y se las arreglan por su cuenta.

"¿Por qué no me acostumbro a esto?", pensó Jinny con desesperación. Cada año sucedía al menos una vez cuando llegaba algún visitante en el verano. La señora Hollins encontraba un oído dispuesto y hacía alarde de los Slattery frente al desconocido como si se tratara de criaturas de un zoológico. Por su larga experiencia, Jinny sabía lo que seguía: el extraño, interesado, haría preguntas demasiado corteses, como si Jinny fuera anormal o idiota. Ya no debería importarle. Siempre pasaba lo mismo.

Sólo que esta vez el extraño era la mujer-liebre, con sus enormes y hermosos ojos. Los ojos que de un solo vistazo a Rachel habían comprendido todo. Jinny no podía soportar que ella la malinterpretara.

—Es muy sencillo —dijo rápidamente—. No hay nada de peculiar en ello. Mi padre es joyero, artesano, y no está obligado a vivir en una gran ciudad para hacer su trabajo. Así que vivimos aquí, en nuestra propia tierra, y tratamos de no depender de nadie más. No hay nada de malo en eso, ¿o sí?

La mujer-liebre le clavó la mirada.

—Eso debe hacer de ustedes una familia muy unida —dijo, con un tono curioso—. No es lo que yo prefiero. —Y luego añadió, como si percibiera la desilusión de Jinny—: Pero no hay nada de malo en ello. Y tampoco lo hay en no haber oído hablar de Harriet Shakespeare. Una liberal pretenciosa y entrometida.

—Ah, pero… —La señora Hollins no podía desaprovechar la oportunidad—. Ahora tendría que compadecerla.

Por un momento la mujer-liebre titubeó. Luego añadió cautelosamente:

—Cualquiera que tenga hijos puede suponer cómo debe sentirse.

—¡Ah! —La señora Hollins escogió lo que más le interesaba—. Usted tiene hijos, ¿o no?

—¿Mmm? —La mujer-liebre parpadeó—. Sí. Tengo un hijo, de casi catorce años.

—¡Catorce! —repitió vivamente la señora Hollins—. Igual que Rachel. ¿Y se va a quedar por aquí?

Jinny se dio cuenta , para su sorpresa, de que ella también quería oír la respuesta. Se volvió y fingió no escuchar la sonora carcajada de la mujer.

—Bueno, ¡a eso he venido! Usted es la señora Hollins, ¿no es así? Nosotros estamos en su casa de campo. Por fin llegamos.

—¿Qué? ¡Ah, usted es la señora *Doyle*! —la señora Hollins dio vuelta al mostrador como un relámpago y le extendió la mano—. ¡Mire, y no me lo imaginé! No tuvo problemas para encontrar la llave, ¿verdad?

Por un momento, Jinny se quedó perpleja. Después comprendió. Estaban hablando de la casa de campo del valle del Desfiladero, y la mujer-liebre era una de las personas que habían llegado a media noche y habían hecho el extraño ruido de martillazos.

—…¡E imagínese, usted tiene un muchacho de la misma edad de nuestra Rachel! —estaba diciendo la señora Hollins—. Y también está Keith, que es cuatro años mayor. Tal vez les gustaría conocerse. Eso es lo que le gusta a los jóvenes. No quieren saber mucho de los vejestorios.

Jinny tuvo que ver hacia otra parte para evitar reírse. ¿Podía alguien ser lo más alejado de un vejestorio que la mujer-liebre?

—Me temo que Philip no podrá salir mucho —señaló la mujer rápidamente—. No se siente muy bien.

—Ah. —La señora Hollins hizo una mueca de compasión—. ¿La gripe de verano? Es muy común en esta época.

—No. Nada de eso. —La señora Doyle titubeó—. Se hirió en la cabeza. Dio un traspié y *¡zas!*

—¡Igual que nuestro Keith! ¡Ay, estos muchachos! Mientras más grandes, más torpes. ¡Y desordenados! Hacer que Keith ordene sus cosas es como intentar arar el campo con perros.

"¡Vieja vaca!", pensó Jinny: alguien tenía que defender a Keith. Pero no se atrevió a decirlo en voz alta.

La mujer-liebre volvió a titubear. Después dijo:

—La verdad es que pensé que todos me odiarían, porque Philip escogió la mitad de la noche para caerse con gran estrépito. Fue cuando llegamos. Hizo un ruido colosal, dio un gran grito y luego se oyó un ruido sordo. Pensamos que despertaría a todo el pueblo.

Todo lo dijo con gran despreocupación, de la forma más natural, medio en broma; pero el comentario impresionó a Jinny como un puñetazo en medio de los ojos. No era cierto. Nada de eso había sucedido la noche anterior.

La mujer parecía casi preocupada.

—Espero que no la hayamos despertado.

—¡Válgame Dios! —exclamó la señora Hollins—. De esa hondonada no sale casi ningún ruido. Pudo haber matado allí abajo a su abuelita y nadie lo hubiera oído.

La mujer-liebre hizo una mueca.

—Demasiado trabajo para nosotros. Estábamos agotados cuando llegamos aquí. Especialmente después de subir a Philip. Ni siquiera tuvimos fuerzas para desempacar. Nos fuimos directo a la cama.

Jinny sintió como si hubiera dado un paso en el lodo. "No es así. Ustedes martillaron y martillaron. Una y otra y otra vez." Dos mentiras, entonces. ¿Qué estaba pasando?

Pero la mujer empezó a apresurarse, como si hubiera hablado demasiado. Del bolsillo de sus pantalones sacó una lista de compras y comenzó a cargarse de paquetes y latas y cajas de huevos, que acomodó en una caja. Después se marchó sin voltear hacia Jinny. La señora Hollins la miró con aprobación mientras caminaba a zancadas hacia su automóvil.

—He allí una dama agradable. —Le echó una mirada airada a Jinny—. Lástima que no fuiste más amable. ¡Hablar y hablar de tu padre! Le daría una tunda a Rachel si molestara así a un desconocido.

Jinny ignoró el regaño y puso su paquete sobre la báscula.

—Quiero enviar esto en primera clase. Por favor.

—Bueno, si eso quieres. —Con ademán de triunfo, la señora Hollins puso el tablero sobre el mostrador de la oficina de Correos—. Es casi la una y media. ¿Crees que esto está abierto hasta la hora que yo quiera? Hay reglas, ¿sabes? Tendrás que regresar en la tarde.

"¿Qué me importa que ella mienta?"

"Es sólo una desconocida."

"Sólo porque adivinó las intenciones de Rachel, no quiere decir que sea perfecta."

Regañándose, Jinny volvió por el camino y subió por el sendero hacia la granja. Pero era inútil. Seguía viendo esos grandes ojos dorados. ¿Para qué tener unos ojos como ésos si no se decía la verdad?

Con las preguntas todavía rondando en su cabeza, entró al patio y caminó directamente al anexo que Joe usaba como taller. Empujó la puerta sin hacer ruido y se quedó parada un momento, observándolo. Se encontraba sentado en el banco, dedicado a una pieza de soldadura; su cara larga y angulosa tenía una expresión serena y concentrada. A Jinny se le había enseñado, desde que era pequeña, a no entrar precipitadamente al taller cuando él trabajaba. Esperó, sosteniendo el paquete, a que las manos de su padre suspendieran el trabajo y dejaran de moverse antes de acercarse al banco.

—Lo siento. La señora Hollins cerró. —Puso el paquete sobre la mesa, en un lugar vacío, y se quedó de pie. Después de uno o dos segundos, Joe desconectó la plancha de soldar y la puso en su lugar, con un suspiro.

—Está bien. ¿Qué sucede?

Jinny miró fijamente el piso, al tiempo que se jalaba la trenza color de arena que colgaba sobre su hombro.

—Supón… supón que conoces a alguien que te agrada. Que incluso admiras un poco. —Podía sentir cómo la cara se le iba poniendo roja—. Y luego, supón que oyes a esa persona decir una mentira. Dos mentiras.

—¿Sí? —Joe giró sobre su taburete—. ¿Cuál es la pregunta entonces?

—Bueno… —Jinny se jaló con más fuerza la trenza—. ¿Qué harías? ¿Qué pensarías?

Joe le puso una mano debajo de la barbilla e hizo girar su cara hasta que sus ojos se encontraron.

—Jinny, tú sabes lo que pienso. No te ocupes de la demás gente y ella no se ocupará de ti. ¿Correcto? De otra manera… —sonrió— terminarás como una entrometida peor que la señora Hollins.

—Pero mira, déjame decirte…

—No, Jin. —Puso la mano sobre su boca—. Sea lo que sea, no quiero saberlo. No es asunto nuestro. Ahora, ¿por qué no vas a ayudar a Bella? ¿Mmm? Se está ahogando en zanahorias.

Joe regresó a su trabajo. Jinny salió y cruzó el patio arrastrando los pies. Tenía razón, por supuesto. ¿O no? Entonces, ¿por qué se sentía como si la estuvieran aplastando dentro de una cajita? Estaba en su naturaleza querer saber sobre las cosas. ¿Eso la hacía realmente ser como la señora Hollins?

Cuando empujó la puerta de la cocina, todas sus preguntas y protestas se desvanecieron de inmediato, tragadas por el caos. Su madre estaba sentada en la gran mesa de madera, con una montaña de zanahorias enfrente, rebanando con desesperación. Y a ambos costados había un niño furioso gritando.

Oz le jalaba el brazo derecho, poniéndola en peligro de cortarse.

—Mamá, ¡estoy hueco! ¡Nunca cumpliré los nueve si no me alimentas! Tengo un gran hoyo dentro del estómago que se revuelve y ruge y…

Del otro lado, Louise, la bebé, estaba acostada en una canasta sobre el suelo, llorando a voz en cuello. Cuando Jinny entró al cuarto, Bella dejó el cuchillo y gritó:

—¡A ver si se callan, pequeños monstruos! ¡Me están volviendo loca!

Al oír su voz, Louise gritó todavía más fuerte, poniéndose morada. Bella giró rápidamente, levantó a la bebé y la abrazó.

—¡Ya está! ¿Te gritó tu malvada madre? No eres un monstruo, ¿verdad? Eres una linda y adorable cochinita. —Frotó su nariz contra la mejilla de Louise—. Y te estás muriendo de hambre. Soy una madre horrorosa , ¿verdad? ¿Sí? ¡Sí!

—¡Sí! —gritó Oz.

Jinny se quedó quieta, contemplando la escena, decidiendo lo que debía hacer. Después dio un paso.

—Francamente, mamá, nunca se callará a menos que le des de comer. Ya puedes darte por vencida.

—¡Pero las zanahorias! —Bella pasó su mano libre por su cabello espeso y rizado—. ¡Las zanahorias, las horribles zanahorias! Tengo que terminar con éstas hoy. Habrá más mañana y más pasado mañana. Y si no las preparo, nos moriremos de hambre en el invierno.

Hizo una mueca y dejó que su cabeza colgara dramáticamente de lado. Oz chilló y le jaló el pelo.

—No moriré de hambre en el invierno. ¡Para entonces ya tendré meses de muerto!

—¡Guaah! —gritó Louise.

Jinny se hizo cargo. Sabía que Bella en realidad se estaba divirtiendo, pero el ruido era insoportable.

Mira, tú le das de comer a Louise. Yo le doy a Oz un sandwich y después me ocuparé de las zanahorias.

—¡Mi bebé, eres una preciosidad! —Bella se desabotonó la blusa—. El pan está en la cazuela y hay un poco de queso en la despensa.

Jinny cortó un pedazo de la hogaza de pan integral, le untó mantequilla y le espolvoreó queso desmoronado. Con ello le tapó la boca a Oz, se sentó a la mesa, tomó el cuchillo y comenzó a rebanar la primera zanahorias en tiritas.

—Paz, una perfecta paz. —Bella sonrió cálidamente y pasó un dedo por la cabeza aterciopelada de Louise—. Eres una gran salvadora, Jin.

—Tengo que serlo, ¿no? —Jinny sonrió forzadamente—. Es una maravilla que comamos alguna vez. Ésta es una casa de locos.

—Pero divertida. —Bella cogió una zanahoria cruda y comenzó

a masticarla—. Piensa que si nos hubiéramos quedado en Londres, seríamos una familia citadina, aburrida y común. Tal vez saldríamos al campo durante las vacaciones veraniegas y nos aburriríamos. Aparentaríamos saber cómo vive la gente del campo. Al menos esto es real.

—Así que ésta es la vida real —sentenció Jinny—. Nada de dinero y una montaña de zanahorias. Siempre me lo había preguntado.

—¡Vaya, estás furiosa! —Bella sonrió con su amplia y soñolienta sonrisa—. ¿Te peleaste con alguien? ¿Con Keith?

—En realidad no —respondió Jinny. Entonces recordó algo—. Mamá…

—¿Mmm?

—¿Quién es Harriet Shakespeare?

Bella mascó su zanahoria.

—¿Para qué demonios quieres saber eso?

—Oh, para nada. Es sólo que… alguien… se rió de mí porque yo no he oído hablar de ella.

—¡Ajá! Sabía que algo te había picado. Bueno, no es alguien emocionante. Una mujer de televisión. Una especie de periodista, supongo. Creo que se especializa en husmear grupos políticos peculiares. Descubre historias alarmistas. Justo el tipo de persona que Joe no tolera. —Le dio otra enorme mordida a su zanahoria—. ¿Cómo surgió en la plática?

—Su hijo —dijo Jinny— ha sido secuestrado en Londres. Lo oí en la radio mientras estaba en la oficina de Correos.

—¡No me digas! —Bella soltó una risita pícara—. De seguro la señora Hollins hizo una enorme mueca de dolor y dijo "¡Qué cosa más terrible!" ¿No es así?

"Pero es terrible", pensó Jinny. "Para el niño." Entonces se acordó de algo y sonrió a pesar de todo.

—No fue así exactamente. Fue peor. Dijo: "¡Pensar que le hubiera podido pasar a Rachel!"

—¡Ojalá! —dijo Bella con añoranza—. Ojalá que así fuera. —Sus ojos se encontraron con los de Jinny y soltó una carcajada tan fuerte que la bebé sacudió un brazo, provocando una avalancha de zanahorias sobre el suelo. ◆

Día tres. Martes 9 de agosto

◆ 8:00 A.M.

Tug se quedó agazapado en la cama, mirando la puerta, esperando. No había dormido desde que el hombre y la mujer se habían marchado, hacía horas, después de esa primera visita. El ruido y el miedo que revoloteaban en su cabeza, le hacían imposible relajarse, y no tenía idea de la hora. Sabía que había transcurrido una noche, porque durante toda ella había contemplado el oscuro tragaluz, salpicado de estrellas; pero su reloj marcaba las once del cuatro de marzo y estaba seguro de que no era la fecha correcta. O casi .

Tenía hambre y sed, pero ni siquiera había tocado el agua de la jarra de plástico. Se había limitado a quedarse en cama, alerta y tenso, esperando que ellos regresaran. Luchaba contra el dolor de cabeza y el ritmo monótono, obsesivo, de la banda, mientras intentaba pensar. Ahora tenía preparado todo lo que debía preguntar y esperaba con la mirada fija en el picaporte.

Cuando finalmente éste se movió fue casi un anticlímax. Se abrió la puerta y el hombre entró envuelto en una explosión de música.

...avance la barca...

Mientras caminaba hacia la cama, observó a Tug de arriba abajo, tomándose su tiempo. De alguna manera parecía imposible hablar primero.

—¿Dormiste bien? —dijo por fin.

—No. —La voz de Tug salió como un graznido de una garganta seca y adolorida.

—Toma agua. —El hombre señaló la jarra con la cabeza. Al ver que Tug vacilaba, sonrió lentamente—. No te envenenará. —Se dirigió hacia la cómoda, tomó la jarra y bebió de ella. Luego se la alargó.

"No voy a aceptar nada de ti", quiso decir Tug. "No hasta que me digas lo que está pasando." Sólo que la resequedad de su garganta era casi insoportable y no veía por qué podría estar mal el agua.

El hombre se encogió de hombros.

Tug se deslizó fuera de la cama, caminó hacia el mueble y tomó la jarra. No la soltó sino hasta que estuvo casi vacía. Después dijo:

—¿No cree que es hora de que ustedes…?

—Siéntate en la cama —ordenó el hombre.

—Pero no quiero… —comenzó a decir Tug.

Entonces se dio cuenta, por la expresión del rostro del hombre, de que no era prudente oponerse. Fue hasta la cama y se sentó. Entonces el hombre abrió la puerta, dio un paso fuera de la habitación y se inclinó un poco, sin dejar de mirar a Tug por encima del hombro. Era imposible ver lo que estaba haciendo, pero alargó la mano hacia el piso.

Y de pronto la música cesó.

El alivio fue tan enorme que Tug sintió que le zumbaban los oídos y se recargó contra la pared, como si sus músculos se hubieran desconectado. El silencio era hermoso, mágico. No lo estropeó ni siquiera la sonrisa en el rostro del hombre, indicándole que comprendía perfectamente su sensación de alivio, de libertad al no tener que luchar más contra el ruido.

Entonces, en la quietud, otro par de pies comenzó a subir las escaleras. Lenta y cuidadosamente, cada golpe de los tacones resonaba con fuerza extraordinaria. Tug se inclinó hacia adelante en el momento en que la puerta se abría y la mujer entraba con una bandeja. Se quedó parada un momento, para darle tiempo que viera lo que había en ella.

—El desayuno —exclamó.

Era un desayuno de sueño. Tocino, huevos, salchichas, frijoles, tomates. Todo humeante. Pan tostado, mermelada y mantequilla. Y una gran jarra de té. Tug nunca antes se había percatado de que la boca realmente se hacía agua. Ahora se esforzaba para no babear. Se quedó mirando la bandeja y la mujer permaneció de pie al lado de la puerta, sosteniéndola en sus manos.

—¿Y bien? —dijo él por fin—. ¿No es para mí?

Ella asintió.

—Ah sí, es para ti.

—¿Quiere que vaya por ella?

—No. Yo te la llevo. Pero antes ¿tienes que decir?

"Como si fuera yo un mocoso", pensó Tug con disgusto. Parecía ridículo. Pero... ¿qué importaba?

—Gracias —dijo.

—Gracias... —La mujer dejó inconclusa la frase y enarcó las cejas.

¿Adivinanzas? ¿Cuando estaba muriéndose de hambre? Tal vez

era una especie de tortura. Desconcertado, Tug miró a uno y luego a la otra.

—No entiendo. Gracias… ¿qué?

—Habitualmente la llamas de una manera —dijo el hombre, suave y amenazadoramente.

En la cabeza de Tug comenzó a filtrarse una idea. Y sin embargo… ¿hablaban en *serio*? A pesar del color de su cabello, a pesar de la insensatez de todo, todavía no podía creerlo. E incluso ahora fingía ignorancia.

—No sé de qué están hablando. ¿Cómo la llamo normalmente?

Fue la mujer la que respondió.

—Ma —contestó—. Me dices ma.

Lo tomó desprevenido. Se había estado preparando para que dijera "mamá", listo para burlarse porque ella no tenía el aspecto de ser la mamá de nadie. Pero… ¿Ma? Se le quedó mirando mientras ella permanecía allí, alerta y amenazadora, parada sobre la punta de los pies. ¿Ma? Tal vez.

—Tu desayuno se va a enfriar —dijo ella, mirándolo. Pero él todavía no estaba listo para ceder. Se volvió hacia el hombre.

—Y supongo que a usted le digo pa —murmuró con rudeza e incredulidad.

El aludido sonrió tranquilamente, como si hubiera estado esperando justamente esa pregunta.

—No. Podrías, pero no es así. Me dices Doyle.

Doyle… Ma… Los ojos de Tug oscilaron de uno al otro. Era complicado. Casi tenía la firme sensación de que era cierto. De pronto, apretó los puños y cerró los ojos.

—¡Ustedes dos están locos! —gritó—. ¡Están locos, están locos!

¡No pueden esperar realmente que yo crea estos disparates! ¿Por qué no me dicen lo que está pasando y…?

La puerta se cerró de golpe. Volvió a abrir los ojos y vio que la mujer había salido, llevándose consigo el desayuno.

—Tonto —lo reprendió Doyle suavemente—. La hiciste enojar.

—Pero…—Tug tartamudeó, y luego se contuvo. No podían dejarlo morir de hambre. No por eso. ¿O sí?

—Es curioso lo extrañas que son las madres. —La voz de Doyle era tan etérea como un pensamiento. Acercó la cabeza a la puerta y Tug oyó el ruido de pisadas que volvían a subir las escaleras.

—Yo no me arriesgaría a otro disgusto —murmuró Doyle.

Tug escuchó a la mujer subir lenta y cuidadosamente con la bandeja. Era extraño, como si estuviera observando una repetición de lo acontecido. Observó que la puerta se abría. Ella entró y se quedó quieta.

La comida se veía igual de caliente y deliciosa que antes. Tug podía olerla desde donde estaba sentado.

—El desayuno —exclamó la mujer.

Tug miró de reojo a Doyle, pero éste no habló. Entonces miró hacia la comida de la bandeja, pensándolo. No entendía por qué estaban representando esa farsa, pero comprendió que el representarla no lo mataría. No como la inanición. ¿Y qué importaba una palabra? Ni siquiera usaba ese término para referirse a su madre.

Respiró hondo.

—Gracias… Ma.

La mujer no sonrió ni pareció triunfante. Simplemente cruzó la habitación, dejó la bandeja sobre sus rodillas y regresó a la puerta. Tug sintió como si algo se hubiera secado dentro de él, dejándolo pequeño y vacío.

Doyle la siguió hasta el rellano, pero cuando estuvo fuera, se volvió y le sonrió con lentitud, mirándolo directamente a los ojos.

—Que desayunes bien… Philip.

—Yo no soy Philip —gritó Tug—. ¡Y ustedes no son mis padres!

Pero la puerta ya se había cerrado. Sintiendo náuseas, Tug se quitó de encima la bandeja y caminó hacia el armario. Lo abrió y se quedó contemplando el espejo, y la odiosa y extraña cara con el pelo negro le devolvió la mirada. Pero no era tan extraña como la primera vez que la vio. De alguna manera, durante el tiempo transcurrido, su cerebro se había acostumbrado a la idea y ahora, cuando la miró, inmediatamente vio su propia cara.

Su primer impulso fue romper el vidrio. Golpearlo con el puño hasta que la cara se rompiera en mil añicos. Pero el primer puñetazo no tuvo ningún efecto y, desanimado, cambió de parecer. Se inclinó hacia adelante y comenzó a respirar sobre el vidrio. La cara desapareció tras una mancha brumosa, y Tug escribió en ella, garrapateando las mayúsculas con su dedo índice:

YO NO SOY PHILIP

SOY TUG

Pero antes de terminar, el vaho se evaporó y las letras se desvanecieron, dejando únicamente el rostro de cabello negro que lo miraba con ira.

Y entonces la música reinició su monótono ritmo. Era una doble tortura que había tomado a su cerebro por sorpresa, quebrantando el preciado silencio.

10:00 A.M.

"Olvídalo", se dijo Jinny. "No es asunto nuestro. Como dijo papá. Olvídalo. Olvídalo."

Hundía el azadón en la tierra, entre las coles. La mitad de su cerebro estaba ocupada en observar cómo la hoja se abría paso, torpemente, a través de la tierra pedregosa, en evitar los tallos de las coles y en contemplar los estropicios causados por las babosas y las orugas. Pero la otra mitad estaba distraída, miraba el rostro de la mujer-liebre destacarse contra un fondo de hojas verdes teñidas de púrpura. Ese rostro duro, de ojos dorados y perturbadores, diciendo mentiras.

"¡Oh, tonterías! ¡Tonterías!" Hundió con brusquedad el azadón y éste rebanó el tallo de la última col. La planta cayó de lado y Jinny suspiró al inclinarse a recogerla. No tenía caso fingir. No podía concentrarse en lo que estaba haciendo. ¿Por qué había mentido la mujer-liebre respecto a los ruidos de la noche? ¿Qué habían estado clavando? ¿Qué había sucedido en la casa de campo de la señora Hollins mientras la liebre corría a través del campo hacia la red?

"No hay ninguna relación", se dijo a sí misma con severidad. "Es sólo que te sientes culpable." Ah, qué lista, Jinny Slattery. Diez de calificación en psicología. Sólo que eso no ayudaba. Seguía sintiéndose igual. Una parte de ella trataba desesperadamente de entender el misterio y saber por qué la hermosa mujer-liebre tenía ojos de fugitiva. La cabaña del valle del Desfiladero se perfilaba todavía, oscura y misteriosa, en los bordes de su mente, y continuaba atrayéndola.

Bueno, ¡sería mejor ir allí y aclarar las cosas, en lugar de pasar todo el día divagando! Tomó la decisión de pronto, sin resistencia: significaba hacerlo furtivamente, claro está. Una vez que terminara de trabajar con el azadón tenía que ir a la cocina y ayudar a Bella con la siguiente tanda de zanahorias; sólo que entonces sería la hora del almuerzo y luego iría con Joe a la parcela a sacar las viejas matas de haba. Antes de darse cuenta sería hora de encerrar a las gallinas y proseguir con la ordeña de la tarde. Según recordaba, ésta era la primera ocasión en que se sentía a disgusto. Si Rachel Hollins podía pasar todo el verano asoleándose sobre la barda, presumiendo sus nuevos vestidos, ¿por qué Jinny Slattery no podía tomarse media hora? ¡Lo haría!

Incluso entonces, no se limitó a soltar el azadón y marcharse, sino que, de manera casi automática, lo llevó de vuelta al cobertizo; en el camino arrojó la col estropeada a la porqueriza. No se fue sino hasta que limpió la hoja del azadón y lo colgó en su lugar, como Joe le había enseñado desde que tenía cinco años.

Cuando se fue, cruzó con cautela por el patio, tratando de no molestar a las gallinas. Al inicio del sendero, Ferry estaba tendido al sol cuan largo era, y levantó la cabeza y las orejas al pasar sobre él la sombra de Jinny.

—Ssss... —siseó Jinny suavemente—. Me voy sin que se den cuenta, no me delates.

Ferry agachó la cabeza y ella salió del patio hacia la vereda. A cada paso se sentía más tonta. No tenía ningún plan ni idea de lo que esperaba que sucediera. Sólo sentía el impulso de ir a la casa de campo y rondar por sus alrededores. Cuando llegó al camino que llevaba al valle del Desfiladero estuvo a punto de dar media vuelta y regresar a casa.

Entonces, detrás de ella, escuchó el ruido de un auto. Se pegó a la pared justo en el momento en que un viejo Ford blanco se asomaba por el camino. La mujer-liebre iba al volante. Vestía una blusa a cuadros arremangada, y manejaba con la ventanilla abierta y un codo sobre el borde.

Jinny tragó saliva tontamente. Cuando se serenó lo suficiente para saludar y sonreír, el carro ya había alcanzado la parte más alta del sendero para después descender hacia la hondonada y quedar fuera de su vista.

"¡Qué tonta!", pensó Jinny. ¿Por qué era siempre tan lenta? Si tan sólo hubiera reaccionado con más rapidez, habría podido hablar... Repasó mentalmente la escena:

Jinny (alegremente, mientras el carro desaceleraba para dar vuelta): "¡Hola, es usted la señora Doyle ¿no es así?"

Mujer-liebre (satisfecha de ser recordada): "Sí, así es."

Jinny: "Cómo está su hijo? Creo que usted dijo que se había golpeado la cabeza."

Mujer-liebre: "Oh, ahora está mucho mejor. De hecho, creo que le gustaría que lo visitaran. ¿Por qué no...?"

(No. Había que quitar esa última parte. Pensar en algo mejor.)

Mujer-liebre (mordiéndose el labio): "Bueno, en realidad él no... (mirando fijamente los ojos de Jinny). Mira, presiento que tú puedes comprender las cosas. No podría explicárselo a todo el mundo, pero me gustaría contártelo a ti. ¿Por qué no entras al carro y...?"

Oh, qué tontería, eso no tenía sentido. La vida real simplemente no era así. Y de cualquier forma, por más que lo intentaba, Jinny no podía concebir una sola respuesta sensata a todas las pregunta que se agolpaban en su cerebro. Frunció el ceño y siguió caminando afanosamente por el sendero hasta que llegó a la verja donde Joe y ella habían puesto la red. Desde allí podía ver el tejado de la casa de campo. Si continuaba caminando, los habitantes de la cabaña podrían verla, y no había posibilidad de fingir que sólo estaba de paso. El sendero no llevaba a ninguna otra parte.

Pero había otras formas de acercarse a la cabaña. Abrió la verja y se introdujo en el campo. Si conseguía pasar por el portillo de la izquierda, saldría a la ladera cubierta de maleza que rodeaba la parte alta del valle, más abajo del páramo abierto. Y cubierta por los árboles, podría dar un rodeo hasta donde se dominaba la hondonada detrás de la cabaña.

El portillo estaba bloqueado, obstruido por las ramas que Joe había apretujado en la abertura para impedir el escape de la liebre. "Qué descuido", pensó Jinny. No era bueno que esas ramas indiscretas fueran descubiertas por alguien que buscara cazadores furtivos. Tendría que decirle a Joe...

Entonces recordó que no podía decirle, porque él se horrorizaría si se enteraba dónde había estado y por qué. Se abrió paso entre las ramas, apretando los dientes al sentir las espinas rozándole la piel, y luego pasó con dificultad a través del portillo, hacia el bosque. Las hojas crujían bajo sus pies mientras caminaba y escudriñaba los alrededores, advirtiendo cosas. Los arándanos de los escasos arbustos estaban casi maduros. Lo que probablemente significaba que en el páramo ya estarían maduros, y se avecinaba una buena cosecha de zarzamoras. Vio también una o dos setas con las cabezas amarillas vueltas hacia arriba.

Ya formaba parte de su naturaleza observar cosas como ésas, sin importar lo que estuviera haciendo, porque así la había educado Joe. Algunas veces pensaba que si él llegara a ir a una fiesta en los jardines del Palacio de Buckingham, se la pasaría buscando hojas de diente de león para sus ensaladas. Pero nada de eso la hizo olvidar la razón por la que había venido. Rodeó con precaución la curva de la colina, agarrándose de los troncos de los árboles para poder avanzar protegiéndose de lo escarpado del suelo, hasta que pudo mirar hacia la hondonada, oculta por los árboles.

No había mucho que ver. Nadie estaba tomando el sol, ni había ropa lavada y tendida en el pequeño patio que estaba detrás de la cabaña. La única señal de vida era el sonido de música en algún lugar del interior "Música de banda de metales", pensó Jinny distraídamente, mientras miraba la sombría construcción gris, de esquinas rebajadas y aspecto austero en la pequeña hondonada privada.

Y sin embargo… había algo diferente en la casa. Algo que Jinny no podía definir. Se acercó unos cuantos pasos, bajando la colina, asiéndose con fuerza de un arbusto de avellano para no resbalarse. ¿Qué era? Había algo extraño en el tejado. Allí donde el tragaluz se abría entre las tejas de barro gris…

Aferrándose a la rama, se inclinó ligeramente a un lado, y de pronto una voz surgió de abajo.

—Hola.

A pesar de que la voz no sonó fuerte, ella brincó del susto, y rompiendo la rama de avellano de la que estaba asida, comenzó a resbalar. En un vano intento por alcanzar otro arbusto, tropezó y rodó, raspándose los brazos y golpeándose la espalda, hasta que aterrizó en la base de la colina, muy cerca de la verja de madera del jardín.

—Eso fue muy dramático —sentenció la voz.

Jinny miró hacia arriba, No era la mujer-liebre. Era un hombre de pelo muy negro y ojos de un azul muy pálido que la miraban fija e imperturbablemente. Ella comenzó a hablar, balbuceando, sin poder controlarse.

—Mire, lo siento, no quería molestarlos. Es sólo que no pude evitar caerme…

"Cuidado", dijo la parte práctica de su mente. "Estás conmocionada." Pero saberlo no la ayudaba a encararlo. Las palabras siguieron fluyendo.

—…es que usted me asustó y tropecé, yo sólo estaba…

—¿Practicando esquí? —preguntó el hombre. Pero de alguna manera no era una broma. La había interrumpido para que no continuara hablando. Y seguía con la vista clavada en ella. Jinny se aferró a la primera explicación que le vino a la cabeza, antes de que él comenzara a hacerle preguntas.

—Oh, no, esquiando no. No, era… eran hongos.

—¿Hongos? —El hombre tampoco lo tomó como broma esta vez. Enarcó sus oscurísimas cejas, que contrastaban con sus pálidos ojos, y esperó una explicación.

—Sí…usted sabe. —Jinny dibujó un gran círculo en el aire.

—Setas. Hongos gigantes. Algunas veces uno los puede encontrar allá arriba en el bosque… —De pronto aumentó la intensidad de la música que provenía de la casa y alzó la voz inconscientemente—. Son fantásticos si los rebana y los fríe con tocino…

—Deliciosos. —La fría voz la interrumpió bruscamente—. Si veo algunos, te lo haré saber. Hasta entonces, tal vez desees continuar la recolección de tus hongos en otro lado. Estamos aquí de vacaciones, para descansar. No nos hacen falta visitantes que irrumpan por la ventana de la cocina.

No frunció el ceño ni levantó la voz, pero su sola forma de hablar era tan desagradable que Jinny sintió escalofríos. Y mientras hablaba la sujetó fuertemente del hombro obligándola a rodear la casa, sin soltarla, para que cruzara la cerca. Casi estaban en la parte delantera cuando, de repente y sin ninguna advertencia, la música resonó de manera estruendosa, diez veces más alta, proveniente de arriba, del tejado. Y más fuerte que la música, se escuchó un grito de desesperación. Después se oyó un golpe sordo y la música retomó su nivel original.

Los dedos del hombre la apretaron fuertemente, hundiéndose en su hombro mientras ella volteaba hacia donde provenía el grito. ¿En realidad había oído lo que creyó oír? Trató de reproducir el sonido en su cabeza para encontrar qué otra cosa hubiera podido ser y, al mismo tiempo, esperaba oír más; pero el único sonido que salió de la casa fue la música monótona y sorda. El hombre que estaba a su lado echó hacia atrás la cabeza y gritó:

—¡Oye! ¡Estáte quieto, Philip! Tenemos visitas. Si sigues con esas bromas acabará viniendo la Sociedad Nacional para la Prevención del Maltrato Infantil.

Sonaba inocente… los gritos de un padre que sabe que debe ir y reprender a un hijo, pero que no se molesta. Una perfecta actuación. Hubiera convencido fácilmente a Jinny excepto por la sensación de los dedos en su hombro cuando oyó el grito.

Había habido algo de furia en ese apretón sobresaltado, algo que no encajaba con el grito vago y bonachón y que, sin embargo, combinaba con los fríos ojos y la forma poco amistosa en que le había hablado.

"Vete", dijo el cerebro de Jinny, bajo la impresión de que había allí cosas que no podía comprender. "Sal de aquí." Pero aún estaba conmocionada y temblando a causa de la caída, y sin poder imaginar cómo escabullirse de manera tranquila y cortés. Sintió que necesitaba decir algo más:

—Espero que en verdad no esté lastimado —dijo—. Se oyó bastante asustado, para un muchacho de catorce años. —Tan pronto como las palabras salieron, sonaron incorrectas, bruscas y entrometidas.

Obviamente, el hombre pensó lo mismo. Sus labios se apretaron.

—Te gustaría venir a asegurarte, ¿no es así? —dijo de mala manera.

Por un instante, Jinny se preguntó si no tendría que responder "sí". Porque, después de todo, había habido un grito. Un grito de miedo, preocupante. ¿Podía uno ignorar algo así?

Entonces la parte Slattery de su mente tomó las riendas, y se dio cuenta de cuán tontamente se estaba comportando. ¡Parecía mentira que estuviera fisgoneando en los asuntos de otras personas sin ninguna razón!

Mientras vacilaba, el hombre no dejó que respondiera. La miró de arriba abajo con una sonrisa ofensiva y desdeñosa.

—Bueno, claro que puedes entrar, si realmente quieres echarle un vistazo a Philip. Pero me temo que te decepcionarás. No le interesan en absoluto las muchachas, a pesar de que ya tiene catorce años.

Jinny se puso roja y retrocedió, confundida.

—No puedo… —señaló apresuradamente—. Tengo… es decir… tengo que ir a casa.

Entonces se dio la vuelta y se alejó, sintiendo los pies enormes. Tuvo que contenerse para no estallar en lágrimas ni correr, apretó los dientes y se obligó a caminar lentamente. Ese horrible sujeto podría observarla todo el tiempo. La había hecho sentir repugnante, humillada y boba y tímida y… justo como Rachel.

Cada paso parecía tomarle veinte minutos. Estaba segura de que el hombre estaba observándola, burlándose de ella. Y todo el tiempo podía oír su propia y estúpida voz que repetía: "Parecía bastante asustado, para un muchacho de catorce años… un muchacho de catorce años… un muchacho de catorce años."

En cuanto tuvo la seguridad de que había subido lo suficiente como para que él no pudiera verla, comenzó a correr, apretando los puños y mordiéndose un labio para no estallar en lágrimas. Tenía que hablar con alguien comprensivo que no se riera o se enojara con ella. Alguien que la escuchara con la debida atención.

Tenía que hablar con Keith.

10:30 A.M.

Cuando Tug terminó por fin su desayuno, que ya estaba frío, casi congelado, se sentía sin ganas de hacer nada. Sólo yacía tumbado en la cama, tratando de olvidar dónde estaba, su propia apariencia y lo que había pasado. Se abandonaba a la tonada que parecía haberse metido en su cuerpo, para que su corazón y su pulso latieran al ritmo de *Que avance la barca*; para que las palabras llenaran su cerebro, repitiéndose continuamente, y respirara a través de Sandgate.

Pero la voz de Hank se coló en el ritmo, perturbando su estupor. Sabía exactamente lo que diría:

"¡Ahí estás otra vez!" (vigilándolo con los puños apretados). "¡Hundiéndote como una gelatina a punto de derretirse! Yo que me paso la vida peleando, luchando y arriesgándome. ¿Cómo fui a tener un hijo como tú, sin fuerzas para luchar?"

—Para ti está bien —dijo en voz alta—. Combatir contra terroristas, gente que pone bombas, y cosas así... ése es tu trabajo y te gusta. ¡Te gusta tanto que ni siquiera puedes estar en la casa el tiempo suficiente para lavarme los calcetines!

Por alguna razón, eso lo hizo sentirse mejor, casi normal. Con frecuencia, comenzaba la mañana con una competencia de gritos con Hank. Esto permitía que su adrenalina fluyera antes de hacer sus ejercicios.

Una vez que lo hubo pensado de ese modo, parecía natural proseguir con la rutina en la medida de sus posibilidades. Se paró de la cama, hizo unos cuantos ejercicios de calentamiento doblándose por la cintura con los brazos estirados, tratando de alcanzar el suelo.

Era imposible ignorar la música e inponer su propio ritmo, así que se dobló y estiró al compás de los metales, sintiéndose ridículamente parecido a un gordo en una clase de aeróbicos.

> ...Rueda, que avance la barca,
> Que mi dama está en ella.
> Al pasar por Sandgate...

Abajo y arriba. Abajo y arriba. Abajo y arriba. Doblar la cintura: abajo, abajo, abajo, abajo.

Era hipnótico. Ahora no sólo su mente, sino también su cuerpo, se habían unido a la música continua que llenaba la habitación. El rtimo prosiguió, constante, a la misma velocidad, y Tug con él, sin poder detenerse. Continuó con los mismos ejercicios fáciles, minuto tras minuto, como un autómata.

El movimiento regular casi lo había puesto en trance cuando, débilmente, casi ahogados por el estrépito de la música, oyó ruidos afuera: un deslizamiento, un estrépito y un grito. Su primera sensación fue de irritación. Los ruidos no eran regulares. No encajaban en su ritmo. Algo estaba pasando en el exterior que interfería con su concentración, que le impedía seguir el ritmo de sus ejercicios.

Su cerebro volvió de un tirón a la normalidad. ¡Algo estaba sucediendo afuera! Se trepó corriendo a la cama, alcanzó la reja y empujó el portillo del tragaluz hasta que quedó abierta una rendija. A través de ésta entró el aire fresco, vigorizante como el agua fría, y con él llegó la voz de una muchacha que decía:

—…Son fantásticos si los rebana y los fríe con tocino—. Era una voz extraña.

La impresión de este hallazgo rompió los últimos fragmentos del hechizo de la hipnotizante música. Aguzó los oídos para captar nuevamente la voz de la muchacha, para ver si podía distinguir si era la de uno de sus captores.

Pero no volvió a hablar. Más bien oyó la voz de Doyle, demasiado baja para poder entender las palabras. Se mordió el pulgar. ¿Valía la pena arriesgarse a hacer algo, o eso sólo lo haría peligrar más?

Entonces oyó pisadas en las escaleras, que subían a toda prisa, corriendo. Era ahora o nunca, y ¿cómo podía desperdiciar la única oportunidad que hasta entonces se le había presentado? Empujó el portillo hasta abrirlo lo más que pudo, apretó la cara contra la reja y gritó al tiempo que la puerta se abría de golpe.

—¡Auxilio!

Un instante después la mujer se lanzó contra sus piernas, derribándolo. El muchacho cayó, golpeándose la cabeza contra la pared antes de rodar de la cama al suelo. Ella lo sujetó con una rodilla sobre el pecho y una mano sobre la boca y la nariz, de modo que apenas podía respirar. La otra mano se torció como una garra, los dedos sobre los ojos de Tug, listos para hundirse.

—¡No creas que no soy capaz de hacerlo! —siseó—. Sé bien lo que estoy haciendo. He sido entrenada.

Su voz vaciló y la mano que estaba encima de la cara de Tug tembló ligeramente, pero la mujer no cambió de lugar. Vagamente, por detrás de los amenazantes dedos, él podía ver su cara, tensa por la concentración, observando la suya y tratando de escuchar lo que estaba sucediendo afuera. Pero debido a la intensidad de la música no era posible oír nada, hasta que, después de un rato, se escuchó el portazo de la puerta delantera.

—¡Bien! —dijo la mujer—. Ahora aprenderás a hacer lo que se te ordena.

Le cruzó la cara con una fuerte bofetada. El golpe le alcanzó el pómulo y la oreja, lastimándole la mandíbula.

—¿Entiendes?

Lo volvió a golpear, ahora del otro lado de la cara. Cuando Tug abrió la boca para decirle que lo estaba lastimando, lo golpeó de nuevo, haciendo que se mordiera la lengua. Y siguió golpeando una y otra, y otra, y otra vez.

Los primeros tres golpes fueron tan dolorosos que Tug no pudo pensar en nada más que en el intenso dolor. Pero al tiempo que su cara comenzaba a entumecerse, comenzó a tener la terrible sensación de que ella nunca se detendría. De que ahora que había empezado no podría parar. Ella también había caído en el ritmo de la tonada sin fin, de manera que los golpes caían a tiempo.

Rueda... barca...

...barca... barca...

Una y otra vez, como la tonada, parecía que nunca acabaría, que proseguiría por siempre, mientras Tug apretaba los dientes, luchando por no gritar, *no* gritar, porque si comenzaba, podría pasarle lo mismo que a ella y seguiría, seguiría, seguiría...

Y entonces, de pronto, Doyle estaba ahí. Salido de la nada, apareció detrás de la mujer y posó un solo dedo en su hombro. Sólo un dedo. Ninguna palabra. Pero fue suficiente; ella se puso de pie, jadeando ligeramente, y miró fijamente a Tug.

—Vaca estúpida —farfulló Doyle conteniendo la rabia—. No deberías haberle tocado la cara. Ve por unos cubos de hielo y unos paños.

Ella desapareció al instante. Doyle siguió mirándolo sin expresión.

—Ella me pegó —acusó Tug débilmente, apelando a su compasión—. Sólo porque yo...

Doyle se encogió de hombros.

—Tienes que entender —amenazó en voz baja—. Te mataremos si es necesario.

Hubo un momento de total inmovilidad que incluso hizo que la banda de metales se desvaneciera en el fondo. El hombre se puso de pie sin dejar de mirar a Tug y éste se volvió, pensando que nunca antes había estado verdaderamente asustado. No era la clase de pánico físico que hacía que la gente se orinara. Era algo mucho más frío, fuerte y profundo, como una cicatriz en el cerebro. Por primera vez en su vida comprendió que podía morir. No dentro de cien años o cuando estuviera muy viejo, sino ahora. Hoy o mañana. En esta habitación.

Y sin embargo... el momento pasó. No habían transcurrido ni dos minutos cuando Doyle y la mujer se encontraban ya arrodillados a su lado, ocupándose de su cara como dos preocupados y ansiosos padres. La mujer quitó los coágulos de sangre que habían salido de su nariz y una o dos veces tocó bruscamente alguna magulladura, provocando en Tug una mueca de dolor. Pero Doyle era tan diestro y profesional como una enfermera, y mantenía los cubos de hielo sobre su boca inflamada y sobre el chichón que se le había formado en la cabeza al golpearse contra la pared.

Pasó largo rato antes de que estuvieran satisfechos. La mujer terminó antes. Se puso en cuclillas y estudió la cara de Tug con detenimiento.

—Bastante desagradable. Pero no peor de lo normal.

El hombre frunció el entrecejo:

—Déjalo. —Ella le alborotó ligeramente el cabello, casi con cariño.

Doyle sacudió la cabeza y le dijo al muchacho:

—Ahora estás bien. A la cama.

Tug obedeció automáticamente; se encaramó y se tumbó cuan largo era. No necesitaron volver a amenazarlo antes de salir de la habitación; la amenaza flotaba en el aire, manteniéndolo inmóvil en la cama, aun cuando nadie lo vigilara.

"Podría morir."

La apatía cayó sobre él como una manta. Nada la sacudía, ni siquiera la idea de Hank. Ah, seguramente ella le gritaría si pudiera verlo ahora, pero él no tendría la energía para responderle. Ni siquiera podía imaginar lo que le diría. Parecía tan distante e insustancial.

"Podría morir."

Estaba recostado mirando fijamente el techo cuando la puerta se volvió a abrir y entró Doyle, llevando consigo una silla y una gran bolsa colgada al hombro. Puso la silla directamente frente a la puerta y se sentó en ella, estirando las piernas.

—Hemos decidido que necesitas compañía —dijo fríamente.

Así que ahora lo iban a vigilar, ¿no? Tug ni siquiera tuvo fuerzas para sentirse disgustado. Se quedó en la cama, contemplando a Doyle con indiferencia.

Sin quitarle la vista de encima, Doyle cogió la bolsa, la abrió y sacó un trapo. Su boca se movió como si algo lo divirtiera, pero no habló. Desde donde estaba sentado habría tenido que gritar para hacerse oír.

Entonces sacó otra cosa. Algo gris y duro, con un pesado mango acanalado y un delgado cañón cilíndrico. Con cuidado, comenzó a limpiar un lado del objeto, mirando la superficie con expresión crítica y acercándolo a la luz de vez en cuando. Tug sabía que todo esto lo hacía para que él lo observara. Para advertirle. Se quedó muy quieto y en silencio, incapaz de despegar los ojos de la pistola.

Finalmente, Doyle le echó un vistazo y sonrió lentamente. Levantó una mano y le hizo señas para que se acercara, sin decir palabra. Como si estuviera hipnotizado, Tug sacó las piernas de la cama y atravesó el cuarto. Cuando llegó a la silla, Doyle le tomó una mano y la levantó, poniendo sus dedos sobre el cañón de la pistola, de manera que Tug pudiera sentir el frío metal. Volvió a sonreír.

—Es bonita, ¿no? —Sopesó el arma en la mano—. Una P38, un poco larga, pero bonita y ligera. Pesa más con el cargador dentro, claro.

—¿Cargador? —inquirió tontamente Tug.

—Para cargarla. —Doyle volvió a buscar en la bolsa, sacó algo y lo deslizó dentro del mango de la pistola.

—¿Ves? Ahora está lista para disparar. Pero no pudiste haber olvidado todo esto, no después de tantos años de haberme ayudado con mis armas.

—¿Ayudado? —preguntó Tug, perplejo. Era difícil concentrarse en las palabras mientras Doyle lo miraba con los ojos brillantes y el orificio de la pistola cargada apuntándole—. ¿Ayudarlo con las armas?

—Es mi pasatiempo favorito —afirmó Doyle con suavidad—. Armas facsimilares. Copias. Un pasatiempo que muchos padres tienen. ¿Mmm?

Tug echó un vistazo al cañón y tragó saliva, con la garganta reseca.

—Es gracioso —murmuró Doyle, con el dedo en el gatillo—. Si no supieras que es una imitación, nunca lo habrías adivinado, ¿o sí? Parece… real. Tug estaba a punto de desmayarse. El delgado cañón de la pistola lo apuntaba como un dedo descarnado. No creyó ni por un momento que fuera falsa. Simplemente pensaba: "Y si su dedo se mueve por accidente. Y si…"

Entonces Doyle se echó a reír. Hizo girar el arma en su dedo, extrajo el cargador y lo echó a la bolsa.

Después volvió a pulir el metal.

—Claro que no te asustaste —dijo como al descuido—. Estás totalmente habituado a manejar las pistolas. Es agradable tener un hijo que comparte mis intereses.

Ahora que ya no lo amenazaban, repentinamente Tug sintió una ira feroz.

—No pretenderá seguir fingiendo, ¿o sí? —Su rabia casi lo sofocó—. No después de lo que esa mujer me hizo. No pueden seguir fingiendo que son mis padres.

—¿En dónde crees que ocurren la mayoría de los asesinatos? —murmuró Doyle—. ¿Y las agresiones a los bebés, y las palizas a los ancianos y a las esposas?

—Pero...

—¿Quiénes crees que son los mejores torturadores? —prosiguió Doyle, sin dejar hablar a Tug—. Las personas más cercanas y queridas, por supuesto. A ellas no las puedes dejar fácilmente. Te importa lo que piensen de ti, conocen tus puntos débiles. Los maridos y las esposas son bastante malos. Pero las madres y los padres son los peores. Nunca te puedes deshacer de ellos. Te tienen cuando eres joven y débil y siempre te dominan.

Habló con mucha suavidad, sin ninguna malicia, mientras proseguía puliendo el arma.

—Entonces, ¿por qué me tratan así? —replicó Tug al instante—. Si se dan cuenta de todo eso, ¿por qué continúan siendo tan crueles conmigo?

—¿Crueles? —Doyle enarcó las cejas—. No somos crueles contigo, Philip. Estamos haciendo lo mejor que podemos. Pero nosotros también somos prisioneros de la familia. Como todo el mundo.

Y volvió a poner la pistola a contraluz, silbando entre dientes.

11:00 A.M.

Jinny continuó su carrera hasta llegar a la orilla del pueblo. Tenía que detenerse para poder recuperar el aliento. Se veía en problemas si llegaba trastornada, jadeando, y se encontraba con Rachel.

Pero al llegar a la oficina de Correos se dio cuenta de que todo estaba bien. Rachel se hallaba ocupada. Otra vez estaba sentada en su barda, pero ahora la acompañaban David y Harry Transley y Andrew Walsh. Todos competían entre sí haciendo comentarios astutos para impresionarla. Rachel se comportaba dulce y femenina, sonriéndole a todos y celebrando una de cada cinco bromas. Apenas si se enteró de que Jinny pasó corriendo hacia la puerta trasera.

Ni siquiera tuvo necesidad de tocar. Cuando llegó, el señor Hollins iba saliendo mientas se enfundaba el casco de policía. La miró con extrañeza, pero no comentó nada. Se limitó a abrir la puerta un poco más.

—Entra, muchacha. Keith está en el vestíbulo; si es que puedes localizarlo en medio de todo su revoltijo. Sería bueno que lograras hacer que limpie un poco antes de que su mamá… ya sabes.

Jinny asintió.

—Sí. Gracias. —Su voz sonó chillona y rara, pero el señor Hollins no pareció notarlo. Ella se dirigió a la puerta del vestíbulo.

—¡Keith!

Estaba sentado a la mesa, con un enorme montón de periódicos enfrente y otros desperdigados por el piso. Jinny se sintió tan aliviada al ver su rostro grave y solemne que se le abalanzó.

—Tengo que contártelo, pero es tan difícil de explicar que yo... ¡Ay Keith, fue horrible!

No pudo seguir hablando y rompió a llorar. Y el llanto sólo le permitía emitir una especie de balbuceo.

—...Él era horrible, y yo en realidad no había hecho nada para irritarlo, pero me hizo sentir...

Keith no estaba desconcertado en lo más mínimo. Se las arreglaba con la muchacha del mismo modo en que lo había hecho desde que él tenía diez años y ella era una asustadiza niñita de cinco, vapuleada en la escuela por los otros niños debido a su acento sureño. Se puso de pie, dejando que se aferrara a él, y la rodeó con un brazo mientras ella se echaba a llorar sobre su hombro.

Tras dejarla sobreponerse un poco durante un par de minutos, le preguntó.

—¿Té?

—Tienes razón, siento llegar en este estado, pero es la impresión, estoy segura, y...

—Claro que es la impresión —dijo Keith tranquilamente—. Tienes la cara hecha un desastre. ¿En dónde te metiste?

Jinny alzó una mano y se tocó la cara. La sentía adolorida en algunas partes y entumecida en otras, y sus dedos se mancharon de sangre.

—Me caí. Bajando la colina del valle del Desfiladero. Y entonces llegó un hombre que dijo... dijo...

Keith la hizo sentarse en una silla.

—Es inútil que intentes hablar si no te tranquilizas. Ten, toma esto y espera.

Le puso su propio tazón de té en la mano. Jinny hizo una mueca por lo dulce que estaba, pero después de un sorbo o dos temblaba un poco menos. Alargó la mano tratando de colocar el recipiente sobre la mesa, pero no había lugar. Los periódicos abiertos cubrían cada centímetro de la superficie. Dejó el tazón en otro lado y automáticamente comenzó a apilarlos.

—Eres un patán, Keith. Sabes que tu mamá se volverá loca si ve todo esto. ¿Cómo puede alguien ser tan inteligente y no aprender…?

—Me alegro de que estés mejor. —Keith le sonrió e hizo a un lado un ejemplar del *Sun*—. Ahora olvídate de mi trabajo y cuéntame lo que pasó.

—Es… —Jinny sintió que se le hacía un nudo en la garganta al pensar en lo sucedido. De pronto, ya no estaba tan segura de querer hablar sobre ello. Parecería tan débil. Volteó a ver los periódicos—. ¿Trabajo? ¿Cómo va a ser *trabajo* leer los periódicos?

—Luego te explico. —Con firmeza, Keith le quitó las manos del *Times*, del *Daily Express* y del *Guardian*—. Cuando te hayas sacudido la arena de la cabeza. ¿Qué sucedió? Cuéntaselo al tío Keith. ¿La vaca contrajo la fiebre aftosa? ¿Un apuesto extraño pasó de largo y te rompió el corazón?

Jinny sonrió.

—¡Ajá! ¡Conque es el apuesto extraño!

—Claro que no. ¿Por qué no me escuchas si tienes tantas ganas de oírlo?

Keith aparentó una solemnidad exagerada.

—Mis orejas vibran de ansiedad. —Puso las manos a los lados de su cabeza y las agitó.

—No, en serio, escucha. —Jinny retorcía las manos en su regazo y las miraba fijamente, pensando por dónde empezar y ordenando todo en su cabeza. Comenzó el relato en la parte en que oía que llegaba gente a la casa de campo a media noche. Pero omitió la razón por la cual estaba fuera tan tarde. Más valía no decirle a Keith cosas como ésas, siendo su padre policía. Desde luego, él notó la omisión, y ella lo supo por la forma en que parpadeó, pero no dijo nada.

—Después, ayer, conocí a la mujer. En la tienda. Ella... —Jinny titubeó. Pero no tenía caso tratar de explicar cómo era la mujer-liebre. Sería mejor limitarse a los hechos—. Ella dijo dos mentiras. Dijo que su hijo sufrió una ruidosa caída cuando llegaron. Lo bastante ruidosa como para despertar a todo el pueblo. Y que después se fueron directamente a la cama. Pero no fue así.

Keith asintió:

—¿Y mi mamá dijo algo respecto a que la hondonada no deja salir los ruidos?

—Sí —respondió Jinny ansiosamente—. ¿Crees que la mujer estaba cerciorándose de si alguien escuchó el martilleo?

—Mmm. Todavía no lo sé. Prosigue. Tuvo que haber pasado algo hoy para ponerte en ese estado.

—Hoy. —Jinny sintió que enrojecía—. Sí, hoy fui al valle del Desfiladero.

—¿Sí? —Keith la miró como si estuviera divertido—. ¿Y para qué? Jinny se sonrojó todavía más.

—Bueno, me pareció que sería bueno echar un vistazo. Todo fue tan extraño.

—Ya veo —dijo Keith con gravedad—. Y te resbalaste en la colina, por detrás de la casa, ¿no?

—Sí. Salió un hombre. Me gritó, y después me trató de una forma terrible, intentando alejarme. —Saltó esa parte, No tenía caso decirle a Keith lo que ese hombre le había dicho—. Pero eso no es todo. Lo importante es… lo que oí mientras él me despachaba.

—¿Qué cosa? Dilo rápido o moriré de angustia.

Jinny le dio un manazo, molesta.

—Esto es serio.

—Claro que lo es. Continúa pues.

—Oí que alguien gritaba: "¡Auxilio!"

—Ah. —Keith asintió lentamente.

—Es verdad —dijo Jinny furiosa—. Un grito terrible. Había música o algo así, pero a pesar de eso lo oí. La persona que gritó lo hizo en serio.

—¿Y qué hizo el hombre?

—Oh, casi nada. Dijo que era su hijo que jugaba. Pero estoy segura… Oye, Keith. Deja de bromear y dime lo que piensas.

—¿Lo que pienso? —Keith dejó de reír y la miró con simpatía—. Creo que después de todo se trata de un apuesto extraño.

—¿Qué… qué quieres decir? —dijo Jinny tartamudeando, porque sabía a lo que se refería.

—Esta mujer que conociste, ¿cómo es? ¿Un poco especial?

—¡Eso no tiene nada que ver! —replicó Jinny con aspereza—. Para nada. Te he contado los hechos: el martilleo, las mentiras y la voz que pidió ayuda. Sobre eso es lo que quiero tu opinión.

—¿Qué es un hecho? Los hechos dependen de la forma en que los veas. —Keith agitó los periódicos, desarreglando la ordenada pila de Jinny—. Todos estos diarios hablan más o menos de los mismos hechos, pero presentan diferentes versiones de ellos para ajustarse a sus propios intereses. Por eso los tengo aquí. Es mi proyecto para la clase sobre medios de comunicación que tomaré este verano… voy a escoger una historia en particular y la seguiré en todos los periódicos durante una semana, para ver las distintas interpretaciones que hacen de los mismos hechos. Y tú eres igual, has creado un gran misterio a partir de unos cuantos fragmentos, porque te interesa esta mujer porque sientes que ella debería estar envuelta en una historia.

—Pero, ¿y la voz que gritó "Auxilio"? —preguntó Jinny con obstinación. ¿Por qué se estaba portando Keith tan tontamente?—. No puedo ignorar eso, ¿o sí?

—¡Oh, vamos! —Keith movió la cabeza en señal de desaprobación—. Eres tan seria, Jin. Ése es el problema con todos los Slattery. No saben lo que es divertirse. Mira, cuando yo tenía ocho años, me senté en la oscuridad y con mi linterna emití un SOS. La mitad del pueblo, asustado, llegó a tocar a la puerta trasera.

—Pero…

—Pero nada. —Pasó una mano por su cabello, grueso y oscuro—. Escúchame, tonta campesina pecosa. Sí. Sí creo que tu historia es algo extraña. Sólo un poco. Pero, ¿qué puedo hacer yo? ¿Pedirle a mi papá que vaya y la haga de policía duro? Se reiría de mí si se lo sugiriera. Él tampoco ha olvidado ese SOS.

—Entonces… ¿qué puedo hacer? —Jinny estrelló el puño contra la mesa y Keith sonrió.

—Siempre tienes que estar haciendo algo, ¿no? Pues esta vez no hay nada que hacer, a menos que descubras uno o dos "hechos" más. Si lo logras, le pediré a mi papá que se encargue, pero antes debes convencerme de que vale la pena.

—¿Pero no me vas a ayudar? —Jinny se puso de pie.

—Ahora tengo que trabajar. Tengo que leer todos estos periódicos. —Volvió a pasar la mano por encima y otros periódicos del montón se deslizaron hacia el suelo—. Ni siquiera he elegido la historia que voy a seguir. ¡Oye! —Volteó a verla con estudiada inocencia—. Tal vez podrías quedarte y ayudarme. Podrías echarle un vistazo a los periódicos y escoger un buen tema.

"Sé lo que tratas de hacer", pensó Jinny. Estaba tratando de distraerla, de hacerla olvidar a la mujer-liebre y los extraños acontecimientos del valle del Desfiladero. Pero ella no se distraería. Se dirigió a la puerta.

—No puedo. Tengo que ir a casa a rebanar zanahorias.

Keith se encogió de hombros.

—Ah bueno, supongo que no tiene caso aconsejarte que pienses en ello mientras trabajas. Me imagino que no te enteras de las noticias, ¿verdad? —Enarcó las cejas, haciendo un gesto de desesperación.

—¡Claro que me entero! —aseguró Jinny triunfalmente. Recordó a la mujer-liebre en la oficina de Correos aguzando el oído para escuchar las noticias de la radio—. ¿Por qué no sigues la noticia del hijo de Harriet Shakespeare, el que mantienen como rehén en una casa? —Se sintió sorprendida por sugerírselo, pues Keith había comenzado a hablarle sobre su proyecto sólo para que dejara de pensar en la mujer-liebre—. Sí, creo que eso es lo que deberías hacer.

—Mmm. —Keith dejó de hacer caras y pareció pensativo—. No es mala idea. Un poco obvio, pero habrá muchísimos reportajes. Y será bueno ver qué periódicos abordan el interés humano, la parte melodramática, y cuáles examinan propiamente los motivos de los captores. Los terroristas siempre tienen razones complicadas. ¿Por qué no te quedas y me ayudas…?

—¡Zanahorias! —dijo Jinny con firmeza, mientras desaparecía por la puerta.

Mientras salía, oyó que entraba la señora Hollins, proveniente de la tienda, y de pronto recordó que Keith no había puesto en orden los periódicos. Ahora era demasiado tarde para hacer algo, y la explosión fue audible en toda la casa.

—¡Keith Hollins! Eres como un bebé, desparramando papeles por todos lados. Y por más que trates de convencerme, para mí leer los periódicos nunca será un trabajo. ¡Recógelos inmediatamente!

Keith masculló alguna disculpa y Jinny se sintió incómoda. Podía imaginárselo perfectamente. Se veía como un tonto, vacilante y culpable.

—Y cuando hayas terminado —gritó la señora Hollins—, sube y vuelve a tender tu cama. ¿A eso le llamas tender? Un niño de seis años lo haría mejor. Quité todas las cobijas y las eché al piso.

Por un momento, Jinny estuvo tentada de regresar y ayudar a Keith. Era tan débil. Nunca le oponía resistencia a su madre. A ella no le importaba que él fuera inteligente, amable y bondadoso. Lo único que veía era su desorden. Y, como un reflejo, también así se veía Keith a sí mismo. No era justo.

Pero entonces recordó que estaba enojada con él porque no había creído en su misterio y en sus preocupaciones. Así que cerró la puerta y se fue a su casa. A seguir con las zanahorias. ◆

Día cuatro.
Miércoles 10 de agosto

◆ 11:00 A.M.

Tug yacía en la cama con las manos en la nuca, mirando, embotado, el techo. No estaba totalmente despierto, pero tampoco dormía. Flotaba en un extraño sopor, que era lo único que se podía permitir con la música que le llegaba, grotesca y lenta, del otro lado de la puerta.

La noche anterior habían comenzado a ponerla a media velocidad. Durante un cuarto de hora se había sentido aliviado. Las notas altas ya no eran tan estridentes, ni sonaban tan fuertes los ruidos metálicos. Después se dio cuenta de por qué la habían cambiado. Estaba llegando al punto en el que casi se había acostumbrado al viejo ritmo. Ya no lo notaba. Probablemente, y a pesar de éste, había dormido bien la noche anterior. Pero ahora era diferente. La música volvía a llenarle la cabeza, y no podía conciliar el sueño. Nuevamente, su cerebro había empezado a adaptarle letra a la tonada. Sólo que esta vez parecía como si la cantara un gigante estúpido y muy lento.

rueda, que avance la barca,

que avance la barca, que avance la barca,

que la barca avance

que mi papá está en ella.

Su mirada se deslizó indiferente sobre el techo, siguiendo la larga y mellada grieta de un rincón, volviendo a trazar la mancha de humedad que ensuciaba el extremo izquierdo del tragaluz.

al pasar por Sandgate,

por Handgate, por Standgate,

¡oh!, rueda que el arco…

Por detrás del armario, en el límite superior de la pared, una esquina del papel tapiz se estaba desprendiendo y colgaba enroscada. Al seguir con la vista su contorno, su mirada llegó abajo, a donde estaba el armario

al pasar por el armario,

el espejo, el espejo…

con esa cara de Tug-Doyle escondida tras la puerta, lista para saltarle encima cuando la abriera. Se retorció, apartando la vista, y entonces vio que la mujer se hallaba sentada en la silla frente a la puerta, con una pistola sobre las rodillas.

Era distinta a la de Doyle: larga como un rifle, con la culata de madera y un oscuro cargador de cartuchos que se curvaba, amenazador, en su cavidad. Ella no fingía limpiarla o jugar con ella.

Simplemente la sostenía, cargada y lista, mientras permanecía sentada nerviosamente, mirando fijamente a Tug.

"No devuelvas la mirada. No dejes que te atrapen esos ojos. Ojos que observan y hacen guardia. Ojos que te observan mientras los largos dedos aprietan y asfixian y…"

La mujer-liebre exclamó:

—¡Me das náuseas!

Las palabras sonaron inesperadas y fieras, y todo el cuerpo de Tug se sacudió súbitamente al irrumpir en sus oídos.

—¿Qu… qué?

—¡Me das náuseas! —volvió a gritar la mujer—. ¡Allí acostado! ¿Por qué no haces algo?

Tug la miró desconcertado. Lo que había dicho no parecía tener sentido.

—Quiero irme a casa.

—¡Guaa! —La mujer-liebre puso cara de bebé dando de gritos. Luego se incorporó de un salto y llegó de una zancada a la cama, mirándolo con furia.

—Al menos podrías hablar. O practicar yoga o…

—Quiero irme a casa.

Ella se alzó de hombros.

—Claro que nos iremos a casa. Cuando terminen las vacaciones.

—Quiero irme a casa. Con mi madre.

Fue demasiado. Había ido demasiado lejos. La mano de la mujer se movió peligrosamente en dirección de la pistola. Luego sus ojos se encontraron con los de Tug.

—A este paso acabarás yendo a ver al psiquiatra. Terminarás en una terrible depresión si no comienzas a hacer cosas.

al pasar por la plancha
la plancha, la plancha…

—Quiero… —comenzó a repetir, con obstinación. Pero la voz se le atoró en la garganta y supo que rompería en llanto si decía otra palabra. Se quedó inmóvil, mudo y atontado, mirando los ojos de la mujer. Sólo hacía falta que ella lo empujara, lo obligara a decir algo, para que todo el mundo desapareciera en un gran lamento y en un aluvión de lágrimas.

Pero no lo hizo; lo tomó del hombro y lo zarandeó, lastimando las heridas del día anterior.

—¡Ya basta! ¿Me oíste? ¡Ya basta! Despierta y haz algo, pequeño sapo. ¡Vamos!

Él no sabía por qué la mujer había perdido la paciencia, pero podía distinguir la furia en su voz y sentir el doloroso apretón de sus dedos. Aterrado, se quedó acostado, pensando: "En cualquier momento llegará el fin. Levantará la pistola y…"

Pero sus dedos comenzaron a temblar, lo soltó y dio un salto hacia atrás.

—¡Mira! ¡Te mostraré lo que pienso de ti! Esto es lo que siento cuando te veo allí acostado.

Tug volteó. No tenía idea de qué estaba hablando. Quizá esperaba que una bala lo alcanzara, pero la mujer se había guardado la pistola bajo el brazo y buscaba algo en los bolsillos de sus pantalones. Sacó una caja ordinaria de crayones de cera, de los que utilizan los niños para iluminar, y cogió el negro. Entonces se dio vuelta y comenzó a garabatear sobre la pared que estaba junto a la cómoda.

No se distinguía una figura en sus garabatos. Ni siquiera una forma. Tan sólo trazos largos, violentos, desagradables, que rayaban el bonito estampado de nomeolvides azules. Y no dejaba de gritar.

—¡Mira, esto es lo que me gustaría hacerle a tu cara! ¡Y esto! ¡Y esto!

Era absurdo, extraño y espantoso. Pero había algo más. Tug respiraba más rápido de lo normal y de su terror surgió una especie de excitación. Sí. Sí. También él se sentía así. Negro, garabateando enfurecido. Feroz y destructivo. Sus dedos se curvaron, deseando agarrar el crayón. Como él había imaginado, como si ella hubiera leído su mente, la mujer le arrojó el crayón negro.

—Anda, ahora tú hazlo. ¿O te vas a quedar allí acostado, aguantando todo lo que pase?

Dudó. Incluso ahora que todo se había vuelto tan absurdo, la idea de rayar sobre el tapiz de otra gente le resultaba chocante. Vio que la mujer sonreía burlonamente y supo que ella entendía por qué se detenía.

—Te da miedo estropear el adorable papel tapiz, ¿verdad?

—¡No! —De pronto sintió que lo único que deseaba hacer era rayar más que ella, ennegrecer todo, afearlo, destrozarlo. Comenzó a hacer chirriar el crayón sobre el papel, con furia, trazando líneas aserradas, como dientes, que iban desde la cómoda hasta la puerta. Al principio lo hizo al azar, pero después fue uniendo las línea para formar una cara. Una enorme y sonriente cara de Drácula, con colmillos que goteaban sangre negra, directamente hacia el piso.

—¡Ja! —gritó la mujer—. ¡Y éste eres tú!

Tenía el crayón rojo y dibujaba con más furia que él, aunque con menos trabajo, hasta definir un payaso, cursi y tonto, con los ojos saltones y un copete sobre la frente.

—¡Ése no soy yo! —Tug saltó hacia el dibujo, pasando el crayón negro frenéticamente sobre la cara, hasta casi ocultarla con gruesas y airadas líneas. Mientras hacía esto, pudo ver a la mujer haciendo lo mismo con su Drácula.

Pero ella no se iba a salir con la suya. Giró sobre sus talones, buscando un trozo de papel limpio, y se abalanzó hacia el gran espacio en blanco que había sobre la pared de enfrente de la cama. ¡Eso era! Esta vez sabía lo que iba a hacer. Ignorando a la mujer, que se había acercado al trozo de papel de encima de la cama, comenzó a dibujar con frenesí, mientras la música zumbaba en sus oídos y crecían las líneas del piso al techo.

Siempre había sido bueno para los esqueletos, desde que Hank le había regalado ese libro de biología una Navidad. Todo lo demás lo aburría, pero los esqueletos le encantaban. Los había practicado una y otra vez hasta que supo dibujar cada hueso en su lugar correcto. Pero ahora un demonio se había apoderado de sus cuidadosos diagramas, y todo se había vuelto afilado y punzante. Los huesos de los dedos se curvaban en garras, las cuencas de los ojos se abrían, negras como cavernas, en los cráneos de mirada fija.

Cuando su mente se aclaró, le puso al esqueleto más alto una gruesa mata de pelo negro y debajo escribió: "DOYLE". El otro tenía el pelo sujeto en una larga cola de caballo que le llegaba casi hasta los pies. Tras una breve pausa, escribió: "MA", debajo.

—¡Mire! —gritó—. ¡Eso es lo que pienso de ustedes dos!

La mujer también había terminado. Bajó de la cama y se volvió para mirar.

—Muy bien, muchachito —y sonrió con ironía—. De modo que así es como ves a tus queridos padres, ¿eh? Qué interesante.

Tug no quería que ella se interesara. Quería que se enfureciera. Que se enfureciera y le doliera. Pasó a su lado y volteó hacia la pared de encima de la cama para ver lo que había dibujado.

Era mucho más cruel de lo que se había imaginado. Encima de su almohada se hallaba sentado un bebé gordo y bizco en pañales, con un rizo colgándole sobre la frente y el pulgar firmemente encajado en la boca. Sonriendo con malicia, la mujer se inclinó y escribió: "TÚ" debajo.

Antes de que Tug pudiera pensar en una respuesta que aparentara indiferencia, la música subió de volumen y Doyle apareció en la puerta.

Frunció el ceño sin entender qué pasaba.

La mujer parpadeó por un momento. Después sonrió burlona y señaló con el dedo los dos esqueletos y el horrible bebé.

—Hemos estado jugando a la familia feliz —gritó.

Doyle abrió unos ojos como platos. En su rostro se fue dibujando lentamente una sonrisa helada mientras la mujer se inclinaba hacia él y le murmuraba algo, señalando los esqueletos. Se estiró y, agarrando a Tug por un brazo, lo acercó a él.

—Así que, después de todo, entiendes de familias felices.

Tug estaba demasiado confundido para responder, y Doyle no esperó una respuesta. Volteó hacia la mujer y comenzó a disponer tareas.

—Es hora de traer los periódicos. ¿Te dejo adentro y me llevo la llave?

—No. —Ella sacudió la cabeza con firmeza—. ¿Crees que me gusta estar atrapada? Yo cerraré y tú puedes tocar la puerta cuando regreses. —Miró a Tug por encima del hombro cuando salían—. Regreso enseguida. No te atrevas a moverte.

Media hora antes, sencillamente habría obedecido. Se habría tumbado boca arriba a contemplar la cuarteadura del techo, dejando que el sonido de la voz del gigante estúpido se adueñara de su mente. Pero ahora su sangre parecía fluir mucho más rápido. Estaba agitado, deseoso de hacer algo. Dándole vueltas al crayón en la mano, consideró la idea de hacer otro dibujo. Pero ese frenesí lo había abandonado. Además ya no quedaban espacios en limpio en la pared... a menos que jalara el pedazo que colgaba detrás del armario y dibujara sobre él.

"A menos que jalara..."

La idea le llegó de golpe, inesperada y nítida. No tenía tiempo de pensarlo dos veces o de decidir si era o no prudente. Se puso de puntitas y jaló la esquina que colgaba. El papel se enrolló, dejando un pedazo desnudo detrás del armario, que nade notaría si tenía suerte.

"Apúrate, apúrate." Su corazón latía tan fuerte que la sangre le palpitaba en los oídos, y temía no poder escuchar a la mujer cuando regresara. Desenrolló el pedazo de papel y le arrancó los extremos ásperos para hacer un rectángulo de casi el doble de largo de su mano. "Apúrate, apúrate."

No había tiempo para pensar cuál sería el mejor mensaje. Simplemente garabateó las primeras palabras que se le ocurrieron y luego comenzó a doblar el papel en forma de avión, afilando los dobleces con cuidado. Sus manos temblaban tanto que tuvo que concentrarse al máximo.

Cuando el avión estuvo listo, lo puso en las palmas de sus manos, y pensó: "Estoy loco. No es posible que realmente vaya a intentar lanzar esto." No era un juego, como cuando arrojaba avioncitos de papel en la clase de matemáticas. Si lo descubrían, se arriesgaba a una paliza. O a algo peor. Por un instante estuvo tentado a desechar la idea. A arrugar el papel en sus manos hasta que se convirtiera en una pelotita y… y…

¿Y qué? Él mismo se había tendido una trampa. El avión era todavía más peligroso si permanecía en el cuarto. Si ellos lo encontraban, sabrían que había tratado de escapar. No había forma de deshacerse de él, excepto comiéndoselo o arrojándolo fuera. Y tenía que hacerlo ahora. Antes de que fuera demasiado tarde.

Trepó ágilmente a la cama, deslizó los dedos por entre los barrotes y empujó el portillo del tragaluz. Después estiró la cabeza para asomarse a ver el terreno, el montículo que se elevaba, escarpado y arbolado, por detrás de la casa.

Pero no podía mirar y lanzar el avión al mismo tiempo. Tenía que quitar la cabeza, meter el otro brazo procurando no aplastar el avión, y lanzarlo hacia donde su memoria le indicara. No habría una segunda oportunidad.

Cerrando los ojos, se concentró, sin permitirse siquiera escuchar los pasos en las escaleras; reunió toda su energía y habilidad en un rápido movimiento de la muñeca que envió el avión lejos de su mano.

"Bueno, lo has hecho, bobalicón." Eso es lo que Hank habría dicho, haciendo una de sus caras. Tug imitó la expresión, sólo para ella, dondequiera que estuviera. Después, temblando, sacó el brazo por la reja.

Iba a tratar de echar un vistazo para ver dónde había aterrizado el avión, cuando oyó pasos en las escaleras. Automáticamente, saltó de la cama, pero estaba temblando y sin aliento. El pánico casi lo asfixiaba. ¡Ella lo adivinaría! Era seguro. Sintió como si tuviera escrito en la frente lo que acababa de hacer.

Entonces, justo a tiempo, se le ocurrió. Se arrojó pecho a tierra y comenzó a hacer lagartijas. Una… dos… tres…

—Eso está mejor —señaló la mujer, sentándose de nuevo en la silla. Luego se colocó la pistola sobre las piernas—. Veamos cuántas puedes hacer.

Comenzó a contar con voz firme y Tug siguió haciendo presión sobre sus brazos, subiendo y bajando al ritmo de los números.

—…Siete… ocho…

Poco a poco, su voz se ajustó a la velocidad del gigante estúpido. Tug mantuvo el ritmo, subiendo y bajando, una y otra vez, con la mente y el cuerpo sincronizados. Parecía no tener control sobre el ejercicio. Era un muñeco de cuerda, accionado por la música y la voz de la mujer, un muñeco diseñado exclusivamente para subir y bajar, subir y bajar, subir y bajar… ◆

Día cinco. Jueves 11 de agosto

◆ 6:30 A.M.

—¿A dónde vas? —le espetó Joe desde el establo a Jinny. Ella sabía que aun con botas de hule era ligero como una ardilla.

Jinny bajó la vista sintiéndose culpable.

—Sólo pensaba dar una vuelta.

Joe la miró un instante, mientras su largo dedo jugueteaba con el arete de oro que colgaba de su oreja. Después se encogió de hombros.

—Entra y encárgate de la leche. Así podré remover la tierra de los tubérculos antes del desayuno y adelantar media mañana, lo cual no me vendría mal.

No era justo. Se había obligado a levantarse especialmente temprano, sin despertar a Oz, sólo para tener media hora disponible e ir a dar una vuelta por el valle del Desfiladero. Pero ahora Joe hacía a un lado sus planes, como si fueran telarañas, todavía con gotas de rocío en sus hilos, que se interpusieran en su camino sin siquiera saber lo que intentaba. Él se detuvo en la puerta del establo, sosteniendo los cubos para que ella los tomara.

Y los tomó por supuesto. Así la habían educado. Si había trabajo, tenía que hacerse sin replicar. Se dirigió hacia el viejo fregadero blanco que estaba en el rincón; Joe sacó el azadón y desapareció rumbo a la parcela de hortalizas.

Jinny se frotó las manos con la rasposa pastilla de jabón casero y se talló las uñas con cuidado. Detrás de ella, en las sombras, podía oír a Florence haciendo los ruidos propios de una vaca, extraños y malhumorados, mientras se movía de un lugar a otro sobre el duro piso. Cuando Jinny se le acercó con un balde de agua para lavarle la ubre, se removió con inquietud, dando de coletazos.

—¡Quieta! —Jinny le pegó en la dorada grupa—. No te quejes, vaca tonta. Tú no tienes que trabajar, tan sólo comer y dormir.

Secó la ubre y jaló el banquillo de tres patas, apretando el primer cubo entre las rodillas mientras se sentaba, para que Florence no pudiera patearlo. Luego metió la cara bajo el cálido ijar y comenzó a exprimir las ubres rítmicamente, hablándole a la vaca en voz baja, como lo hacía Joe.

—¡Qué espléndido ser una vaca en el verano! Con la fresca hierba hasta las rodillas. Sin necesidad de apresurarse. Sin preocupaciones. Y con esclavos que te ordeñan cuando estás demasiado llena. ¿Mmm?

—¡Muuu! —asintió tétricamente Florence, mirando a su alrededor. Sólo era mitad Jersey, y esa mitad no incluía su temperamento, que era incierto y malhumorado. En ese mugido, Jinny captó un eco de los bramidos que Florence había proferido cuando le quitaron a su ternero. Había mantenido despierto a todo el mundo durante toda la noche y Oz había llorado sobre su almohada.

Desde entonces, Florence tenía mal genio, aunque hacía tiempo que habían vendido al ternero y tal vez ni siquiera lo reconocería ahora si deambulara por el patio.

"Qué tranquila", pensó Jinny. Si la gente fuera igual, Harriet Shakespeare no tendría que tener la vista fija en la casa en que esos terroristas mantenían a su hijo. Se ahorraría todo el llanto y el miedo, y desde hacía tiempo se habría alejado, sacudiendo el rabo, en busca de un mejor pedazo de hierba.

Mientras Jinny ordeñaba a Florence, sus pensamientos vagaban sin rumbo, lo que constituía uno de los placeres de ese trabajo. La idea de Harriet Shakespeare la llevó a pensar en el pobre Keith, sintiéndose incómodo y desdichado entre el revoltijo de papeles, con su madre gritándole por no ser ordenado y normal, como Rachel.

De allí, por asociación natural, Jinny pasó a recordarse a sí misma, llorando sobre el cómodo suéter de Keith. Desahogándose y contándole el misterio que parecía rodear a esa otra madre y su hijo. El niño del desván que había gritado "¡Auxilio!", y la encantadora y mentirosa mujer-liebre.

Eso interrumpió la agradable sensación que la embargaba. De pronto recordó con un estremecimiento el acertijo no resuelto. Si Joe no la hubiera sorprendido, ahora estaría allí, remontando el valle para ver desde arriba la cabaña que aún dormía. Pensando, observando.

Sólo que, en vez de eso, estaba aquí, trabajando como siempre. Su mal humor regresó. Había aprendido bien a no desquitarse con Florence, así que terminó de ordeñarla; pero frunció el entrecejo mientras alzaba los pesados baldes, los llevaba afuera y los metía en el bebedero para enfriarlos. Soltó a Florence por el campo y se quedó vigilando los cubos de leche, moviéndolos lentamente con un palo de avellano. La leche cremosa giraba y giraba mientras el agua de la fuente pasaba, fresca, entre los tres bebederos inclinados y corría hacia el patio. La quebrada superficie del agua devolvía los fragmentos del rostro de Jinny. Una cara flaca, enfadada, con pecas y una trenza delgada y rojiza.

Joe la encontró allí cuando regresó de la parcela de hortalizas. Se la quedó mirando, pero sólo dijo:

—Mete esos cubos ahora; si no, llegarás tarde para desayunar y te perderás la planificación.

Jinny suspiró. Si había algo peor que estar enfadada, pensó, era estarlo y no poder expresarlo. Pero Joe no era de los que pensaban en lo que sintieran los demás. Sólo le importaba lo que hacían. Nunca le preguntaría por qué estaba haciendo gestos, por si esto la animaba a hacer otros peores. Sólo para su propia satisfacción, hizo el peor que pudo, peor que cualquiera de los que hacía Oz, con los cachetes inflados, los ojos bizcos y la punta de la lengua de fuera. Después sacó los baldes del bebedero y los llevó al interior: vació con cuidado parte de la leche en amplios cazos, para hacer la crema. La buena y obediente Jinny, haciendo lo que se le ordenaba.

De todas formas, llegó tarde al desayuno. Los otros ya estaban en círculo alrededor de la mesa de la cocina, masticando pedazos de pan integral y gruesas rebanadas de tocino. Se sentó junto a Oz y cogió su cuchillo y su tenedor.

—Bueno —sugirió Joe, limpiándose los dedos en su pedazo de pan—. Hagamos el plan para hoy.

Ése era su ritual diario. Cada mañana durante el desayuno, lloviera, tronara o relampagueara, en tiempo de clases o en vacaciones, decidían el trabajo que había que hacer ese día y lo distribuían. Normalmente, a Jinny le encantaba la planificación. Tenía una mente ordenada y metódica y le complacía buscar una media hora sobrante para plantar lechugas o hacer reparaciones.

Pero hoy era diferente. Hoy tenía algo personal que hacer y se sentía atrapada. Joe enumeraba tranquilamente con los dedos las tareas del día.

—…Alguien tendrá también que subir al cuarto de arriba y ocuparse de esa pared. No puede esperar más.

—¡Yo! —dijo Oz. Le gustaba tapiar, pero Joe no le hizo caso. Aún no habían llegado al momento de la distribución, así que prosiguió.

—…Y en algún momento del día tendré que ir al pueblo. Debo contratar gente para que ayude con la cosecha de la próxima semana. Tal vez para el martes, si hace buen día. Eso significa que habrá que separar los jamones y los quesos, Bella. Decide lo que les darás. —Bella asintió.

—Entonces haré los panes necesarios el lunes.

—¿Y los pasteles? Normalmente haces pasteles. Los debes hornear hoy.

—¿Hoy? —gimió Bella—. Pero es mi día de hacer mantequilla. Además hay que preparar las zanahorias. Y si queremos envasar algunos arándanos, alguien tendrá que ir a recogerlos pronto. Y…

—Está bien. —Joe alzó la mano para detenerla. Bella siempre comenzaba el día con un arrebato de horror ante todo lo que había que hacer. Joe clavó la vista en el piso, atando los cabos del día.

"Cuando alce la vista", pensó Jinny, "nos dirá a todos lo que tenemos que hacer y el día se habrá ido antes de que haya empezado propiamente. Como ayer." Todo el día anterior había esperado poder disponer de media hora para sí, y ésta nunca había llegado. Parecía que hoy pasaría lo mismo. Se preguntó qué se sentiría despertar en la mañana y planear las cosas ella misma.

—Está bien. —Joe levantó la vista—. Oz puede ocuparse de las gallinas hoy. Y cuando Jinny haya terminado con los cerdos, puede encargarse de la mantequilla. Te ha ayudado muchas veces, Bella, ya es hora de que lo haga ella sola. Y Oz puede venir a tapiar conmigo.

—¡Bien! —dijo Oz con la boca llena.

Jinny se quedó sentada con resentimiento, dándole vueltas a su plato, en el que quedaba un último pedazo de pan, mientras la voz de Joe seguía, incontenible.

—… Y los arándanos pueden esperar hasta mañana —concluyó—. Para entonces, si hemos adelantado lo suficiente, Jinny y Oz pueden terminar el día con un par de canastas, ¿qué les parece?

—¡Es demasiado! —protestó Jinny, antes de poder contenerse—. Has dispuesto hasta de mi último minuto. ¿Qué no puedo tener un momento libre?

Joe no sonreía cuando la volteó a ver.

—Sabes que es laborioso arreglar las cosas antes de la cosecha. ¿Te gustaría holgazanear mientras los demás estamos trabajando?

—No, pero…

—Mira —jaló con suavidad su plato—, si terminas de hacer las cosas, puedes ir conmigo cuando vaya al pueblo después de la ordeña de la tarde. Puedes quedarte con Keith mientras yo busco a la gente. ¿Qué te parece?

A Jinny le dieron ganas de gritarle. ¿No podía darse cuenta de que así le dejaba menos tiempo libre? Pero antes de que pudiera decir nada, Bella intervino.

—Cuando ustedes dos hayan terminado, tal vez alguien me escuche. Yo también tengo problemas. —Tosió y volteó a ver el piso—. Se me terminó el azúcar, necesito comprar una poca para hacer los pasteles y envasar los arándanos.

Un pesado silencio. Jinny cogió su taza y bebió, para ocultar su cara. Siempre sucedía. ¿Por qué Bella no aprendía? A Joe le disgustaba que la gente no planeara con antelación. Especialmente cuando esto implicaba gastar dinero. Su afilado rostro mostraba severidad y enojo.

—¿Cuánto?

Bella se encogió de hombros.

—Depende de cuántas bayas recojan. Bastará con tres o cuatro kilos, pero también necesitaré frutas secas si quieres pasteles de fruta…

—No. ¿Cuánto dinero?

Incluso Oz guardaba silencio, mientras sus ojos iban de una cara a otra. Bella evitó mirar a Joe.

—¿Cinco libras?

Él empujó su silla para levantarse y se dirigió al cajón del aparador, donde guardaban la caja. Contó siete billetes de una libra y los colocó cuidadosamente en la mesa. Luego contó el resto del dinero de la caja y frunció el ceño.

—Bueno, he allí mi trabajo de mañana. Tendré que pasármela en el taller terminando ese broche. A ver si puedo reunir el dinero antes de que termine el mes. Jinny tendrá que hacer toda la ordeña y comenzar a trasplantar las coles.

¡Vaya! "Muchas gracias", pensó Jinny. "Está bien. Empiecen a disponer también de mañana." ¿Por qué tenía que haber nacido en esa familia de locos y negreros? Todos los de su grupo pasarían las vacaciones montando, o jugando en las colinas, o quedándose en cama hasta mediodía. Ni siquiera la gente que vivía en las granjas tenía que trabajar como ella. Esas granjas eran negocios, no monstruos que lo devoraban a uno.

Joe estaba fuera de la cocina y Bella comenzaba a juntar los platos. Ahora que tenía el dinero que necesitaba, cantaba alegremente.

...arar y sembrar,

Segar y cosechar,

Y ser un ni-ii-ño granjero,

Y ser un niño granjero.

—Así me siento —dijo Jinny con amargura, mientras recogía el plato de las sobras.

—¡Vaya! —exclamó Bella, sonriente—. ¿Estás de mal humor? ¿Qué te pasa? ¿Tienes miedo de hacer la mantequilla tú sola?

—No es eso. Es todo. —Jinny bajó el cubo, lista para vaciarlo en la basura y comenzó a verterlo con mano firme—. Sinceramente, mamá, ¿no lo sientes también? Trabajamos como desesperados... ¿y para qué? Somos terriblemente pobres.¡Todo ese lío por el dinero! Hay gente que se gasta eso en periódicos y revistas. Los he visto pagar en la tienda. Compran libros y ropa bonita y pasteles y...

Bella se detuvo en medio de la cocina con una gran pila de platos y dijo tranquilamente:

—¿Eso es lo que realmente quieres? ¿Un montón de dinero para comprar basura… y no trabajar? Podríamos tener eso, ¿sabes? Bastaría regresar a Londres y ayudar a Joe a que estableciera una tienda donde trabajaría hasta la locura. Como lo hacía antes. Los demás simplemente nos quedaríamos sentados, con las manos cruzadas, tomando café helado. Pero tal vez no recuerdes cuánto odiaba él esa vida, y en qué estado lo puso. Era como una enorme máquina que se lo tragaba.

Jinny todavía no estaba dispuesta a abandonar su mal humor.

—¿Así que todos tenemos que vivir como mendigos para que papá pueda tener lo que quiere?

—No somos mendigos —corrigió Bella con calma—. En este momento podría subir y adornarme con cadenas de oro y hermosos brazaletes.

—Pero eso es diferente.

—No lo es. —Bella estiró el brazo con flojera y le dio un golpecito a Oz—. Anda, ojos saltones. No debes descuidar a los pollos sólo porque yo estoy hablando con Jin.

—Conque ésas tenemos —fingió lamentarse Oz—. Oblígame a trabajar y verás. Hay leyes que lo prohíben —y tras esquivar el manotazo que le asestó Bella, salió al patio.

Bella dejó los platos, se sentó en una silla y jaló suavemente a Jinny.

—Oye, Jin, ¿qué pasa? Tú no acostumbras quejarte. Y tú sabes tan bien como yo por qué estamos aquí: Joe estuvo a punto de sufrir una depresión nerviosa en Londres. Nadie podía separarlo de su banco. Trabajaba hasta medianoche. Tenía demasiada presión. Había demasiada gente involucrada y él sentía que estaba perdiendo el control de nuestras propias vidas. Vinimos para retomar el control y no meternos con nadie más. Elegimos esta vida.

—Ustedes dos la eligieron, querrás decir —dijo Jinny—. Nadie me preguntó.

Bella, comprensiva, sacudió la cabeza.

—Tú eres como los demás niños. Llevas la vida que tus padres eligieron, hasta que seas lo suficientemente grande para poder elegir por ti misma. Y cuando lo hagas, serás madura e independiente. Dos veces más independiente que la mayoría de las muchachas de tu edad.

Jinny frunció el entrecejo y movió nerviosamente los pies.

—Pero lo que yo quiero es un poco de tiempo para mí misma. Ahora.

—Lo sé, mi amor —dijo Bella dándole palmaditas en el brazo—. Y también te lo has ganado. Pero no creo que sea posible durante uno o dos días. Sin embargo, te diré una cosa. Voy a tratar de evitarte lo de las coles mañana, para que puedas ir a recoger arándanos todo el día. Tendrás a Oz, claro, pero al menos podrás escoger a dónde ir. ¿Qué te parece?

Sonrió, pero Jinny seguía muy abatida. Golpeó una pata de la mesa y estalló al fin.

—¡Siempre papá! Desde luego, no quiero que sea infeliz ni que le dé una depresión. Pero siempre que quiero llevar una vida normal, como todos los de mi edad, llega con otra tarea y más trabajo. Si no estuviera….

Se detuvo, horrorizada de lo que estuvo a punto de decir. Esperaba que Bella se mostrara furiosa y preocupada, pero no fue así. Sólo hizo una pausa larga y triste. Luego susurró:

—Los seres amados son los que siempre te atrapan así, Jinny. Si no te importara, simplemente te irías y vivirías tu propia vida. Harías lo que quisieras. Pero como sí los amas, sientes que quisieras matarlos y borrarlos de tu vida, y eso es precisamente lo que no se debe hacer. Si matas a la gente que quieres, o huyes de ella, acabarás destruyéndote a ti misma. Tienes que crecer alrededor de ella. Abrir un espacio para su forma de ser.

De repente Jinny se calmó, pues había comprendido que era cierto. Y, más que eso, se dio cuenta de que Bella en realidad estaba hablando de sí misma. Esta vida era más difícil para ella que para cualquier otro. A ella se le dificultaba muchísimo todo lo relativo a organizarse. Jinny se tragó su ira e intentó olvidar que quería ir al valle del Desfiladero ese día. Comprendió que todos estaban en el mismo barco: la vida familiar.

Esta vez, cuando Bella sonrió y preguntó: "Entonces… ¿mañana la recolección?", Jinny le devolvió la sonrisa.

—Gracias, mamá. Eso estará muy bien.

5:30 P.M.

Doyle miró su reloj y después se volvió para mirar a Tug. Cuando habló, el tono de su voz aumentó apenas lo suficiente para hacerse oír por encima de los graves sonidos metálicos.

—Hora de bajar.

—¿Qué?

Tug se quedó boquiabierto. Se había acostumbrado a permanecer en la habitación, rodeado por las cuatro paredes rayadas, el techo inclinado y el ruido implacable, con alguien que lo vigilara todo el tiempo, excepto cuando uno de ellos acompañaba al otro a la salida para traer los periódicos. ¿Realmente era posible salir?

Doyle no lo repitió. Sólo apartó la silla y abrió la puerta, indicándole con la pistola que la cruzara. Tug se levantó de la cama, metió los pies en sus tenis y amarró los cordones. Después, con paso nervioso y lento, caminó hacia la puerta. Al pasar junto a Doyle, volteó a mirarlo.

—¿Por qué?

—No puedo mantenerte encerrado todo el tiempo —dijo Doyle, con voz divertida—. ¿Qué clase de padres crees que somos?

"Ustedes no son mis padres." Tug abrió la boca para pronunciar las palabras pero, por primera vez desde que estaba allí, se contuvo de decirlas porque quería bajar. Alzó la vista y, al ver la sonrisita burlona de Doyle, supo que había advertido su vacilación. Por un momento se sintió asustado. Había dejado que algo se le escapara. Sólo una cosita, pero tenía miedo de sus consecuencias. Cuando se dio cuenta, ya estaba en las escaleras y sus piernas lo conducían por los estrechos y oscuros escalones que doblaban bruscamente hacia la derecha. Se preparó para lo que pudiera encontrar en el piso de abajo.

Las escaleras terminaban en una puerta. Tug la abrió. En ese mismo momento, en lo alto de las escaleras, Doyle apagó la música.

Ésta no había parado ni por un segundo en esos dos días. Ahora, en el repentino silencio, Tug sintió como si lo hubieran desnudado y empujado para exhibirlo frente a los espectadores de un juego de futbol. La atormentadora música del ático era horrible, pero esto era todavía más espantoso.

—Continúa —le ordenó Doyle suavemente, bajando detrás de él.

Tug se quedó mirando una gran cocina-estancia llena de viejos y pesados muebles que no combinaban del todo. Frente a él estaba la puerta delantera, la puerta que conducía al mundo externo. Junto a ella había una gran ventana que mostraba el primer paisaje exterior que Tug veía en cinco días. Cerca de la casa subía un estrecho sendero por una loma poco empinada. Más allá, a cierta distancia, se elevaba una gran cordillera que abarcaba todo lo ancho de la ventana. Se veía imponente y majestuosa a la luz del atardecer y Tug se quedó muy quieto durante un instante, imaginando el viento que corría por las cumbres. El viento fresco y libre.

Entonces Doyle lo empujó y él entró dócilmente a la habitación, observando la pesada llave de la puerta delantera y los dos grandes cerrojos firmemente cerrados arriba y abajo. No querían arriesgarse.

Era obvio que su visita a la planta baja había sido planeada y que no se trataba de una simple ocurrencia de Doyle. La mujer estaba sentada a la derecha, junto a un televisor, y en cuanto vio a Tug le señaló una silla.

—Siéntate. Pensamos que sería bueno tener una agradable velada familiar frente a la televisión.

Ambos lo observaban. Un par de grandes ojos color avellana, y otro de mirada fría y azul. Lo miraban esperando algo. Tug se arrellanó en uno de los grandes sillones raídos y contempló desconfiado la pantalla, esperando ver una imagen.

Ni siquiera entonces se imaginó el programa que pasarían a esa hora. Lo tomó completamente por sorpresa. Escuchó la música que antecedía al noticiario y, de repente, la pantalla se llenó con la imagen de su propia casa, una imagen que le hizo dar un vuelco al corazón.

¡Claro! ¡Él era la noticia! Debían estarlo buscando por todo el país. Cuando el locutor comenzó a hablar, Tug se inclinó hacia adelante ansiosamente, sin importarle ni Doyle ni la mujer.

—Buenas tardes. —El televisor no era muy bueno y la voz se oía con interferencia y por momentos se desvanecía—. Los terroristas que mantienen al niño de trece años, Liam Shakespeare, como rehén en su casa de Shelley Grove han anunciado que son miembros de Gente Libre, el grupo que pretende "destruir la tiranía de los lazos de sangre y abolir la obsoleta unidad familiar".

No tenía sentido. Los ojos y los oídos de Tug se bloquearon. Ni una sola palabra tenía sentido para él. Debía haberse vuelto loco o sordo. La voz del locutor prosiguió, con interferencias pero inconfundible, diciendo cosas extraordinarias.

—El grupo emitió un comunicado en el que planteó sus objetivos generales, pero todavía no ha hecho ninguna demanda específica. La madre de Liam, Harriet Shakespeare, fue entrevistada hoy en la casa de una amiga.

Tug hizo un esfuerzo por enfocar su atención y, de golpe, allí estaba Hank, sentada en la sala de la señora Mallory. Su cara aplastada de pequinés se veía rara, como si alguien le hubiera pintado sombras cenicientas bajo los ojos y en los huecos de las mejillas. Su boca aparecía rígida, en una expresión que, de alguna forma, le era familiar: Tug supo que estaba conteniéndose para no llorar. Deseaba tanto estar con ella que apenas si podía respirar. "Hank, Hank, ven y sácame de aquí."

—¿Ha podido tener algún contácto directo con Liam? —preguntó el invisible entrevistador.

Hank negó con la cabeza. Su boca seguía tensa, pero su voz se oyó bastante segura, como Tug esperaba.

—Todavía no. Hay un enlace telefónico, claro, pero no hemos podido convencer al grupo de que nos deje hablar con Liam.

—¿Pero sabe que está vivo e ileso?

—Lo hemos visto a través de las ventanas, caminando por la casa. No muy claramente, pero tenemos la seguridad de que está vivo.

Tug se sintió como un fantasma gesticulando junto a una ventana en la oscuridad. Todo a su alrededor parecía derrumbarse: Doyle y la mujer, los platos sucios amontonados en el fregadero, el vasto paisaje que se abría hacia la ventana. Daban vueltas como si los removieran con una cuchara. Pero se aferró a los brazos de su sillón y se forzó a prestar atención. No quería perderse ni una sola palabra. No mientras pudiera ver a Hank.

—Señora Shakespeare, usted es muy conocida por sus investigaciones sobre grupos extremistas y organizaciones terroristas. ¿Sabe mucho sobre el grupo Gente Libre?

De pronto, el pequeño y duro rostro hizo un gesto de alerta.

—Supe de ellos por primera vez cuando efectuaron la incursión a los cuneros de un hospital, hace unos tres años. ¿Lo recuerda? Cambiaron a todos los bebés de cuna y les quitaron de las muñecas las bandas con sus nombres. Ésa es una típica maniobra de Gente Libre. No necesariamente sangrienta, pero llamativa. No hirieron a nadie esa vez, en todo caso no físicamente, pero debe haber madres en Yorkshire que todavía se preguntan si los bebés que les entregaron en realidad son los suyos.

—Pero, ¿puede ser peligroso el grupo? ¿Hay razones reales para temer por la seguridad de Liam?

—¡Claro que las hay! —replicó bruscamente Harriet Shakespeare—. Usted lo sabe tan bien como yo, después de los bombazos en la playa.

—Claro, claro. —El entrevistador titubeó al hacer la siguiente pregunta—. Usted siempre ha insistido en que no se debe alentar a grupos como éstos a tomar rehenes. Que nadie debe ceder a sus demandas. ¿Sigue pensando lo mismo ahora que su propio hijo está involucrado?

Harriet Shakespeare volteó a ver directamente a la cámara.

—Espero tener la fuerza suficiente para mantenerme fiel a mis principios. —Su voz sonaba menos ecuánime. Tug supo que estaba realmente desesperada, por la forma en que abrió los ojos y por la manera repentina en que enarcó las cejas. Era un gesto característico suyo—. Pero también espero que la opinión pública comprenda lo que significa estar fuera de la propia casa, sin poder entrar en ella, sabiendo que nuestro hijo está prisionero dentro. Es algo muy difícil de soportar.

—Y por supuesto, todavía no conoce las demandas de los terroristas, ¿verdad?

Harriet Shakespeare dudó un instante antes de contestar. Solamente alguien que la conociera muy bien habría notado su vacilación.

—Así es… No tengo idea de lo que vayan a pedir. Sólo nos queda esperar y ver qué sucede. —Esbozó una diminuta sonrisa pese a estar al borde de las lágrimas, y se desvaneció de la pantalla.

Fue una entrevista conmovedora, inteligente, que denotaba coraje y que concluyó con una enorme mentira.

Tug sabía que lo que había dicho en la última parte, lo relativo a las demandas de los terroristas, era mentira. Lo sabía, por la forma en que había dudado y por la sonrisa que había esbozado. Continuó con la vista fija en la pantalla, sin escuchar la siguiente noticia, tratando de descifrar el enigma.

Durante la primera parte de la entrevista, la parte disparatada en la que había dicho que había visto a su hijo en la casa, Hank había hablado con toda sinceridad. No había duda al respecto. Creía cada palabra que decía. Y cuando habló sobre el conflicto entre sus sentimientos y sus principios, lo hizo con desesperada seriedad. Pero después, de pronto, había dicho una mentira. Era un embrollo que no podía resolver.

Y las miradas de sus guardianes seguían allí, observándolo, esperando determinar qué había deducido de lo que acababa de ver.

Tug fijó la vista en sus zapatos.

—¿Para qué me hicieron bajar a ver esto? —dijo con brusquedad.

La mujer se inclinó, con el rostro ansioso, pero fue Doyle el que respondió, pronunciando lentamente cada palabra, de modo que llegara como las ondas que produce una piedra al caer en un estanque.

—Pensamos que te interesaría saber de tu amigo.

—¿Mi… amigo?

—Liam Shakespeare.

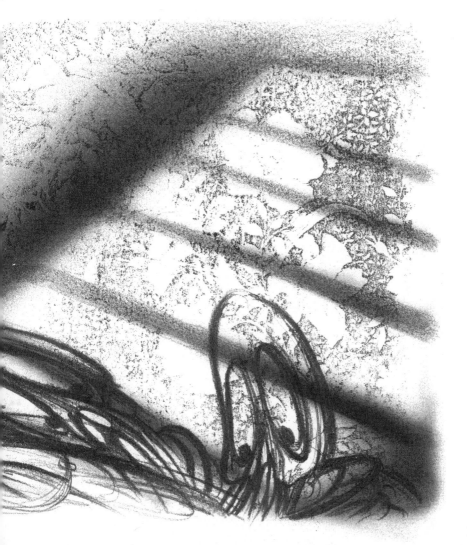

—Él no es mi amigo… —comenzó a decir Tug. Después se detuvo. Vio el rostro de Hank cuando ésta decía: "Lo hemos visto a través de las ventanas, caminando por la casa". Y de pronto se sintió abrumadoramente cansado. Un pensamiento se coló en su mente. "Me han borrado del mundo." Estaba demasiado débil y confundido, y se sentía demasiado infeliz para combatirlo. Era absurdo, pero extrañó el cuarto del ático y el sonido de *Que avance la barca*, como si ése fuera su hogar. Como si no tuviera ningún otro sitio en ninguna otra parte. Se puso de pie.

—Quiero subir de nuevo.

Los otros lo miraron. Después, también Doyle se levantó.

—Te llevaré. Rodeó con un brazo los hombros de Tug. La piel desnuda de su muñeca, cálida y seca, tocó su brazo y los vellos crespos le hicieron cosquillas ligeramente. Este contacto le pareció repulsivo, pero no tenía fuerzas para resistirse y dejó que Doyle lo llevara como hace un padre con su hijo.

8:00 P.M.

"No tengo idea de lo que vayan a pedir. Sólo nos queda esperar y ver qué sucede", concluía Harriet Shakespeare sonriendo con indecisión. Keith alargó la mano, apagó la videograbadora y volteó a ver a Jinny.

—Ahí lo tienes. Ya has visto mis recortes y también las noticias de los dos últimos días. ¿Qué te parece?

Jinny estaba desconcertada. Hacía apenas una hora se encontraba con Florence, terminando la ordeña de la tarde. Pero en cuanto vio a Keith, éste la había recibido con un montón de periódicos, recortes y videograbaciones. La había empapado en el asunto de Harriet Shakespeare y le ha había pedido que *pensara*. Volteó a ver los recortes regados sobre el piso y después la pantalla oscura.

—Bueno... no sé... es triste. Hay que compadecerse de ella. Esa parte sobre su hijo y sus principios... uno se imagina cómo debe sentirse. Y es admirable que no se derrumbe.

—En realidad, es la viva imagen de una madre valiente y amorosa —dijo Keith con una voz extraña.

Jinny pensó que se estaba burlando de ella.

—¡Sí! —replicó con furia—. Sé que suena muy trillado. Tú te quejas de tu madre y yo de la mía. Pero las madres son maravillosas, y cuando pasa algo como esto es cuando te das cuenta de ello.

—Correcto —apuntó Keith. Se frotó la barbilla y Jinny notó que necesitaba una rasurada—. Estos terroristas realmente han logrado una imagen cautivadora al secuestrar a Liam Shakespeare, ¿no crees? La imagen del amor materno y las familias amorosas. Enjuguémonos las lágrimas. —Frunció el ceño—. Es muy extraño. ¿Cómo es posible que no lo hayan comprendido?

—¿A qué te refieres? —Jinny estaba demasiado cansada para tratar de entenderlo—. ¿Por qué debería importarle a los terroristas cómo se vea... siempre y cuando obtengan su dinero o lo que anden buscando?

—Los terroristas muy rara vez obtienen lo que buscan. —Keith se talló la frente, dejando una negra mancha de tinta proveniente de los periódicos—. Eso no es lo que realmente buscan.

Ésta parecía ser otra de sus brillantes ideas. Jinny suspiró.

—Entonces, genio, ¿qué es lo que buscan?

—Bueno, por lo general no son lo bastante poderosos para cambiar las cosas por sí mismos, ¿ves? No directamente. Así que intentan crear imágenes que puedan modificar las ideas de las personas. Como, déjame ver, como cuando los palestinos le inyectaron mercurio a las naranjas israelíes en un supermercado. Le dijeron a la gente que había miles de naranjas envenenadas circulando. Que más valía que dejaran de comprar la mercancía israelí. Supongo que esto no dañó de manera importante la economía de Israel, pero consiguió la imagen que los palestinos querían. Israel es venenoso.

—¿Y qué? —dijo Jinny. Odiaba que la hiciera sentir como una tonta.

—Pues los terroristas están creando una imagen que parece decir "las madres son maravillosas".

—¿Y qué tiene de malo eso?

—¡Jinny! —Keith le hizo una mueca y se jaló el pelo con desesperación—. ¿Por qué no te aceitas el cerebro? Piensa qué clase de grupo es Gente Libre. Ellos no quieren decir las madres son maravillosas. Quieren decir destruyan a la familia. Como lo hicieron con los bombazos de la playa.

—¿Bombazos en la playa? —Jinny se sintió harta. ¿No había límite para las cosas de las que no se había enterado?

Keith suspiró.

—Fue el verano pasado —dijo pacientemente—. Las playas estaban atestadas de familias tomando el sol. De pronto… ¡PUM! Las bombas explotaron en seis playas al mismo tiempo. Unas veinte familias volaron, y muchísimas personas perdieron a sus padres o a sus hijos. Gente Libre declaró que habían hecho "explotar el mito de la familia feliz". ¿Te das cuenta de qué clase de personas son? ¿Recuerdas el comunicado que divulgaron hace un par de días? Mira.

Jinny recordó haberlo visto, pero había pasado de largo, ignorándolo, porque le pareció complicado y estaba cansada. Ahora lo extendió sobre sus rodillas y lo leyó con cuidado.

Mensaje de Gente Libre a sus camaradas
que siguen en prisión

Camaradas, ¡es hora de despertar y ver
sus cadenas!

MUJERES, abran los ojos y vean cómo están
encadenadas a sus maridos e hijos.
Ni todas las oportunidades de igualdad
del mundo pueden salvarlas de las exigencias
de sus familias.
DEBE HABER UN MODELO DISTINTO.

HOMBRES, abran los ojos y vean
cómo están encadenados al sistema capitalista por
los requerimientos de sus esposas e hijos.
Mientras los hombres tengan familias,
los capitalistas seguirán explotándolos.
DEBE HABER UN MODELO DISTINTO.

NIÑOS, abran los ojos y vean cómo están
encadenados a las exigencias y deseos de
sus padres. Y mientras los fuerzan a ser
lo que no quieren ser, también les

enseñan cómo ser padres. Tiemblen cuando
comprendan que ustedes, a su vez,
humillarán a sus ancianos padres y
tiranizarán y deformarán a sus hijos.
DEBE HABER UN MODELO DISTINTO.

La familia es una institución primitiva
que da a los ricos una excusa para
explotar a los pobres e impide que los
pobres puedan oponerse. No habrá justicia
ni liberación hasta que se rompa el
círculo vicioso y se destruya la tiranía
de la familia.

Los lazos de sangre estrangulan la
verdadera hermandad de la humanidad.
Es hora de que los hombres salgan de la
guardería.
Las puertas de la prisión están abiertas.
Gente Libre hará libre a la gente.

En unos cuantos días anunciaremos
nuestras demandas, que deben satisfacerse
con toda exactitud antes de que liberemos
a Liam Shakespeare. ¡Dispónganse a apoyar
estas demandas!

AYUDEN A CONSTRUIR LA REVOLUCIÓN AHORA.

Jinny lo leyó tres veces. Después, casi al azar, cogió otro recorte que mostraba el rostro completo y derrotado de Harriet Shakespeare pálido, turbado y con expresión lastimera, mientras se recargaba en el brazo de una amiga.

—Tienes razón —asintió lentamente—. No tiene sentido. ¿Por qué lo hicieron?

Keith se recargó en su silla y balanceó sus pies desnudos, pareciendo muy complacido consigo mismo.

—Eso es lo que espero encontrar. ¿Sabes?, ésta resultó ser una muy buena historia. Gracias por sugerírmela, Jin. Para ser franco, me sorprendió que hubieras oído sobre ella.

—¿Yo te la sugerí? —Preguntó Jinny. Entonces se acordó. Aquellos grandes y dorados ojos que miraban hacia la radio, ignorando a la señora Hollins—. Ah, sí. La mujer-liebre.

—¿La qué? —Keith se enderezó y se le quedó mirando.

No había sido su intención decirlo en voz alta, pero ahora que lo había hecho estaba a punto de explicárselo, pues siempre le había contado todo a Keith. Pero entonces se acordó. "Descubre uno o dos hechos más", le había dicho. Y "¡Ajá! ¡Conque es el apuesto extraño!" Se jaló la trenza por encima del hombro y miró a su alrededor.

—¿Por qué no nos ponemos a ordenar esto en lugar de estar parloteando? A menos que quieras que tu madre se pase el resto de la tarde regañándote.

Era la primera vez que le ocultaba algo privado, y por un momento él pareció desconcertado y molesto. Pero no era una persona que se ocupara de descubrir secretos. Con una docilidad que la hizo sentir mal, se arrodilló sobre el piso y comenzó a recoger sus recortes. ◆

Día seis. Viernes 12 de agosto

◆ 2:00 A.M.

En la oscuridad, Tug despertó de una pesadilla en la cual caía en el vacío, había agua que se precipitaba y el suelo se deslizaba bajo sus pies. Abrió los ojos y se dio cuenta del silencio, tan intenso que daba escalofríos. Todo se hallaba oscuro con excepción de una parte de la pared, donde se reflejaba la luz de la luna que se colaba por el tragaluz. Una sola mancha, pálida y brillante, desde la cual dos esqueletos lo miraban de reojo.

Contuvo el aliento, al tiempo que de un lado de los esqueletos surgía una joroba más oscura. Una sombra se movió hacia su cama.

Tug gritó.

Su grito fue acallado por una mano que le cubrió la cara, forzándolo a mantener la boca cerrada. Estaba tan oscuro que no podía ver quién se inclinaba sobre él. "Que sea Doyle", pensó desesperadamente. "No ella." Sólo podía imaginársela golpeándolo en la cara, con la cacha de su arma en medio de la oscuridad. Por lo menos Doyle no haría eso.

La figura se inclinó un poco más, demasiado cerca para que Tug pudiera verle el rostro. Pero podía sentir su aliento en la mejilla.

"Gracias a Dios", pensó, "es Doyle." Pero en ese momento se sintió doblemente asustado, pues lo había reconocido sin mirar su rostro o escuchar su voz, tan sólo por su contacto y su olor: como si lo conociera de toda la vida.

—Tranquilo —le susurró la voz, muy bajito—. Papá te va a contar un cuento.

Tug permaneció muy quieto, concentrado en respirar; la voz continuó escuchándose, tan baja que apenas si se oía, aunque la cara de Doyle casi rozaba su oreja.

—Hace mucho tiempo, cuando papá era un niño pequeño, solía despertarse en la noche y gritar. Le asustaba la oscuridad, como a ti. Lloraba en la oscuridad.

"Yo no estaba llorando", quería decirle Tug, pero la voz de Doyle tenía algo que hacía imposible interrumpirla. Algo tenso, hipnótico y terrorífico. Se quedó como estaba, escuchando el susurro.

—Y cuando lloraba, su papá venía. Siempre venía su papá. Si llegaba su mamá, él no la quería. Su papá siempre traía cosas.

Tug tragó saliva. La voz sonaba tranquila y suave, y las palabras eran normales, pero sabía que le estaba contando una historia de horror.

—En ocasiones era un cinturón. A veces un cigarrillo encendido. Una vez... —la voz tembló y vaciló un instante— una vez trajo unas pinzas. Pero fuera lo que fuese que trajera, siempre tenía el mismo efecto. Tu papá aprendió a no llorar en la oscuridad nunca, nunca. Porque a su papá no le gustaba.

Le empujó la cabeza hacia atrás, tanto que el cuello se le estiró casi hasta el límite. Cuando sintió que ya no podía aguantar, que tenía que oponer resistencia, los dedos de Doyle se relajaron ligeramente. Pero su voz continuó con el mismo murmullo amenazador.

—Yo heredé eso de mi padre. No me gusta que lloren en la oscuridad. ¡Lástima! Parece que tú también lo heredaste de mí.

Tug sintió dolor, disgusto y coraje, todo al mismo tiempo, e hizo la cabeza a un lado:

—¡No he heredado nada de usted! —gritó—.Usted no es mi padre. ¡Él está muerto!

—Heredaste el miedo a la oscuridad —siseó de nuevo, como si Tug no hubiera hablado—. Pero eso no es lo peor: has heredado lo otro también. El odio por el llanto en la oscuridad. Te voy a golpear, como lo hizo mi padre. Tú golpearás a tus hijos y ellos a los suyos. Siempre, sin que haya forma de romper la cadena...

—¡No! ¡No! —exclamó Tug y se retorció, intentando sentarse—. ¡Usted no es mi padre! ¡Mi padre era Frank Shakespeare!

Pero, a pesar de que lo gritara, no sonaba cierto. ¿Cómo podría un padre ser una imagen borrosa en una fotografía, tan vaga y lejana que no podía recordarla bien? Padre era una figura enorme que se inclinaba sobre él en la oscuridad; una voz profunda; una barbilla áspera sobre su mejilla. En cualquier minuto, cualquier segundo, ahora, podría suceder. Doyle comenzaría a golpearlo y no sería capaz de detenerse. Tampoco Tug sería capaz de dejar de gritar, y así estarían siempre, siempre.

Sin previo aviso la luz se encendió.

—¿Qué diablos pasa?

Era la mujer. Se hallaba en el quicio de la puerta, vestía una camisa de hombre y traía el cabello trenzado. Como no obtuvo respuesta, entró a zancadas en el cuarto con el ceño fruncido.

—¿Qué pasa? Pensé que me tocaba dormir un poco. No acabo de acostarme y cerrar los ojos cuando oigo este barullo. ¿No puedes mantener callado al chico?

—Sólo le contaba un cuento —Doyle sonrió despacio—. Algo sobre la vida en familia.

Miró a la mujer, con la intención de compartir su sonrisa, pero ella no sonrió. Miraba a Tug. De pronto cruzó el cuarto, con los faldones de la camisa rodeando sus largas y bronceadas piernas, y lo tomó por el hombro:

—¿Qué te estaba diciendo?

—Yo... —Tug miró a Doyle—. Me desperté —dijo débilmente—. Vi los esqueletos y... —Ya no pudo continuar pues estaba a punto de estallar en lágrimas; podía sentir cómo se estremecía. La mujer asintió.

—Sí, son bastante horribles. Creo que estabas un poco exaltado cuando los hiciste. —Lo asió del hombro con más firmeza y lo sacó de la cama—. Ven. Te voy a preparar algo caliente.

Cuando llegaron a la puerta, se volvió hacia Doyle.

—Consigue algo para poner los carteles que compré. Cubre esos rayones.

No volvió a hablar hasta que se encontraron en la enorme cocina. Mientras se doblaba sobre la estufa para calentar leche, preguntó con tono casual:

—¿Entonces, qué te estaba diciendo?

—Me... —Tug respiró con más profundidad—. Algo sobre su padre.

—Ah. —La mujer asintió, aún de espaldas—. ¿Y te asustó?

Todavía sentía escalofríos por la impresión, pero lo único que dijo fue:

—No sabía. No sabía que era así. Creí que era… inofensivo.

Ella se volvió riéndose suavemente y le puso la taza con leche caliente en las manos:

—Yo no diría que Doyle es inofensivo.

—Pero no se enoja y se enfurece como…

—¿Como yo? —preguntó la mujer. Por un momento se quedó muy quieta, mirando al vacío; su garganta se movía al tragar saliva. Después se sentó junto a Tug, puso los codos sobre la mesa y apoyó su mentón sobre las palmas de las manos—. Claro que no, Doyle no es como yo. Nunca, nunca, nunca pierde el control. Pero no te engañes. Se enfurece bastante, y es muy peligroso.

Tug bajó la cabeza y dio un sorbo. Sintió la leche caliente en el paladar y estaba plenamente consciente de la mujer sentada a su lado, con las mangas de la camisa descansando en la base de sus fuertes antebrazos bronceados. Dejó de observar su rostro y posó la mirada en el tazón que tenía en las manos. La superficie de la leche se agitaba, delatando su temblor. Con lentitud y firmeza, ella tomó las manos de Tug entre las suyas, logrando que se quedaran quietas y calentándoselas.

Tug sintió que sus agitados latidos se desaceleraban y que su pulso se calmaba, como si fuera un niñito al que se consuela después de una pesadilla; y como un niñito, durante un momento, dejó de estar tenso y expectante, y sencillamente preguntó algo que le rondaba la cabeza.

—Ma, ¿qué está pasando? Lo que de veras me asusta es no entender nada.

Ella parpadeó, después estiró la mano y le agitó el cabello con suavidad.

—Sé que es difícil —murmuró—, pero todo saldrá bien. Estoy segura de que sí. Al final lo entenderás.

Al instante siguiente se levantó, casi con enojo, como si se sintiera atrapada en una ternura que no deseaba.

—Vamos, termina la leche y vuelve a acostarte.

Cuando subía las escaleras frente a ella Tug se dio cuenta, perfectamente, de por qué había parpadeado antes de responderle: la había llamado *Ma* sin que ella se lo pidiera. El hecho le repugnó tanto que regresó al ático y se metió en la cama sin decir nada. Sin siquiera mirar los carteles que cubrían las paredes y ocultaban los dibujos. La mujer le echó una última mirada y apagó la luz. Doyle se acomodó en la silla y se quedó en silencio entre las sombras. "La llamé Ma", se repetía Tug una y otra vez. Y fue algo peor que eso. Sentado en la cocina, en realidad había sentido como si fuera su madre. Podía imaginarse sentado en sus piernas cuando era más chico: llorando y aferrándose a ella cuando se hacía daño. La veía inclinándose sobre él cuando se despertaba en la noche. Se dio vuelta y hundió la cara en la almohada, intentando recuperar la antigua imagen que tenía de ella: dura, ruda y violenta todo el tiempo. Pero una pequeña y traicionera sombra de duda se había instalado en su mente. Hasta entonces se había sentido seguro de sus recuerdos, tenía la certeza de no haber olvidado a sus padres y todo lo sucedido, de no haber reinventado su vida anterior a su despertar en el ático.

Sólo que… ¿en realidad era razonable pensar que el resto del mundo estaba confabulado en su contra? Después de todo, Doyle y la mujer eran los únicos que le decían que estaba mal. El locutor del noticiero, la policía y Hank, incluso Hank, decían que Liam Shakespeare se hallaba encerrado en su propia casa.

¿Qué se decía acerca de las personas que estaban convencidas de que los demás tramaban algo en su contra?

En ese momento, misteriosamente, Doyle habló en la oscuridad. Fue lo único que dijo hasta la mañana siguiente. Dejó caer las palabras en el silencio con extraña precisión, como si estuviera leyendo su mente:

—¿Sabes cuántas personas que creen apellidarse Shakespeare están en manicomios de todo el país?

5:00 P.M.

—¡Ay, Jin! ya con éstas —dijo Oz. Se veía cansado y de mal humor: llevaba su canasta con las dos manos—. Mamá se va a desmayar si recogemos una más.

—No seas llorón —Jinny sabía que era injusta con él. Habían pasado todo el día entre brezales buscando arándanos. Se encorvaban sobre los arbustos, separaban las ramas para dejar al descubierto los pequeños y carnosos frutos de un azul brillante. A todo lo largo del Gran Límite, desde el norte del Monte Rock, se habían afanado bajo el sol y ya sentían los brazos adoloridos. Oz había trabajado a la par que ella, sin detenerse un solo instante a mirar al valle, recogiendo todo el tiempo, hasta que sus dedos se tiñeron de un azul púrpura.

Pero ahora que habían llegado al camino en el extremo del valle, él deseaba bajar directo a casa. Y tenía razón. Llevaban bastantes arándanos; además debía haber quehacer para ellos en su casa. Sólo que... eso no era lo que Jinny había planeado. "Al menos podrás escoger a dónde ir", le había dicho su madre, como dándole el día libre. Bueno, había decidido continuar hasta la parte alta del páramo que daba justo encima del valle del Desfiladero.

Acomodó la canasta en su brazo y cruzó el camino.

—Vamos —habló por encima de su hombro—, todavía quedan muchas en la parte de atrás de la cabaña de la señora Hollins. Nadie las va a recoger si no lo hacemos nosotros. Sería un desperdicio dejarlas ahí,

Desperdicio era una palabra mágica para la familia Slattery. Hacía que Bella gritara y agitara los brazos y ponía a Joe a golpetear con los dedos sobre la mesa, con ese reproche silencioso que resultaba peor que todo lo que pudiera hacer Bella. Oz cedió al instante y comenzó a seguir a Jinny ladera arriba.

Al mirar hacia atrás y ver a Oz trastabillando con paciente resignación, Jinny casi desistió de su cometido, pero le dijo:

—Si me alcanzas, te enseño dónde atrapamos a la liebre papá y yo.

—¿Y me dirás cómo lo hicieron?

—Sí, si no se lo cuentas a todo el pueblo.

El rostro de Oz adquirió una expresión tan solemne que casi hizo reír a Jinny, pero se trataba de tenerlo contento. Así que contuvo las ganas de reír y le explicó lo que Joe había hecho, cómo había tapado los huecos y puesto la red en la verja, y cómo él y Ferry hicieron huir a la liebre. No había nada que le gustara más a Oz que aprender a hacer algo nuevo. Le prestó atención sin interrumpirla mientras dejaban el pequeño valle y se dirigían hacia el monte que estaba detrás de la cabaña; a medida que lo recorrían ella le señalaba el campo de la liebre.

Cuando llegaron a la altura de los árboles, detrás de la cabaña, Jinny le propuso:

—Yo voy a recoger en esta parte. Tú ve allá abajo, entre los árboles. Será más rápido si nos dividimos.

Oz comenzó a descender con cuidado la pendiente, agachándose de vez en cuando, al encontrar algún arbusto de arándanos. Jinny se puso a buscar más cerca de la cima, en el claro, donde podía detenerse y mirar hacia la casa de campo.

Ésta descansaba en su hondonada, soñolienta bajo el sol de la tarde; sus paredes de piedra gris proyectaban una pequeña sombra. No había movimiento alguno, ni siquiera un temblor de cortinas; ningún ruido rompía el adormilado silencio del verano. Desanimada, Jinny volvió a su trabajo, diciéndose que era una estupidez haber esperado ver caras en las ventanas o escuchar gritos de desesperación.

En ese momento se oyó un grito que la hizo estremecer. Pero sólo se trataba de Oz. El grito venía de abajo, y sonaba agudo y desconcertado.

—¡Oye, Jin!

Se volvió, pero no pudo verlo. Estaba un poco más a la izquierda, entre un grupo de pequeños árboles.

—¡Ssh! —le indicó, sin atreverse a levantar mucho la voz—. Recuerda que hay gente en la cabaña. No los molestes.

Pareció que la había oído, pues ya no escuchó nada, así que regresó al pequeño macizo de arbustos en el que estaba. Pero antes de que pusiera manos a la obra, escuchó un forcejeo y algo que se deslizaba en el fondo de la ladera, y un grito de Oz que sonaba muy distinto del primero:

—¡JIN!

El tono era agudo y lleno de pánico. Dejó su canasta en el suelo y corrió hacia donde venía el ruido, resbalando en la tierra suelta bajo los árboles; finalmente comenzó a deslizarse incontrolablemente, hasta casi terminar encima de Oz.

Y de la mujer-liebre.

Tenía asido a Oz por el hombro. Jinny, trastabillando muy cerca de ella, dijo lo primero que se le ocurrió.

—¡Señora Doyle!

—¿Qué? —La mujer volteó desconcertada. La observó más de cerca, estudiando su cara—. ¡Ah! Ya recuerdo. La muchacha autosuficiente. —Hizo una mueca.

Jinny comenzó a hablar torpe y rápidamente.:

—Es mi hermanito. Espero que no la haya molestado. No es malo, si toma en cuenta que sólo tiene ocho años y...

—¡Gracias! —exclamó Oz. Se soltó y dio unos pasos hacia atrás, alejándose de la mujer-liebre y acercándose a su hermana.

—¿Qué estabas haciendo? —Con desgano, Jinny dejó de mirar a la mujer y se puso a revisar a Oz. Parecía que no había heridas ni nada roto—. De veras me asustaste con tu grito

—Escuché el primero —dijo la mujer-liebre, mirándolos a ambos—. Pensé que se había hecho daño así que vine a ver. Creo que lo asusté.

Jinny miró de nuevo a Oz. No parecía asustado. Observaba a la mujer con esa extraña mirada fija que significaba que estaba tramando algo.

—¿Por qué gritaste, Oz?

Éste respiró con profundidad y contestó solemnemente:

—Encontré algunos hongos, mira —señaló hacia su canasta. Encima de los arándanos había unas cuantas setas, pequeñas y un poco maltratadas. Nada por lo cual emocionarse.

—Deben tener cuidado con los hongos —advirtió la mujer-liebre—. No querrán terminar en el hospital.

—No, Oz es bastante bueno con los hongos —replicó Jinny, pensando en que era mucho alboroto por unas cuantas setas.

—Están muy buenas —rápidamente, Oz tomó las setas y se las ofreció a la mujer—. Téngalas, se las regalo. Por haberla molestado.

—No, gracias. Está bien.

—Por favor, en serio quiero dárselas. —Estaba fingiendo, quería parecer agradable y la miraba con simpatía. La mujer-liebre lo miró fijamente y se encogió de hombros, al tiempo que tomaba las setas bruscamente, de modo que Jinny pudo oler el leve aroma de albaricoque que soltaron.

—Bueno. Gracias. ¿Van a seguir buscando?

—No —contestó Oz antes de que Jinny pudiera responder—. Mi canasta está hasta el tope. Ya nos vamos a casa. Vámonos Jin.

Levantó su canasta y se dirigió hacia donde había estado Jinny, para que ella pudiera recoger la suya, pero no se detuvo. Siguió caminando, bordeó el monte y continuó hasta la pendiente que bajaba al camino, completamente fuera de la vista de la cabaña. Ahí se sentó de golpe en el suelo y estiró las piernas. Jinny se acuclilló a su lado.

—¿De qué se trata? —preguntó ella con brusquedad—. Todo ese alboroto por unos cuantos hongos. Y luego se los regalas, a la fuerza, porque está claro que no los quería. Se van a ir directo a la basura.

—No importa —dijo desdeñoso—. ¿Crees que grité por eso? No, mentí para que se callara. Siento que tiene algo raro.

—¿Raro? ¿Por qué? —preguntó Jinny con enfado. Pero el vello

de la nuca se le erizó al oírlo decir aquello con tanta calma, pues la mujer-liebre era hermosa, pero ciertamente había algo raro en ella.

—Me asustó. Apareció de pronto, en cuanto te llamé, y subió corriendo el cerro. Por eso grité la segunda vez; quería que vinieras.

—¿Y por qué gritaste la primera vez? Si no fueron los hongos, ¿qué te hizo gritar? —Se dio cuenta de que por fin sabría de qué se trataba. Oz adoptó un aire de importancia y misterio, como si se aprestara a contar una larga historia: —Vi algo que brillaba entre los arbustos. Creí que era un hongo. ¿Te acuerdas de cuando papá halló uno y mamá lo preparó con tocino?

—Sí, sí —le respondió su hermana con impaciencia—. Sigue.

—Bueno, no era un hongo. —Buscó en su bolsillo y sacó algo húmedo y arrugado—. ¡Mira!

—Pero, Oz, sólo es un pedazo de papel.

—Extiéndelo y ve qué dice —Oz estaba impresionado y serio. Niñito tonto. Ya estaba grande para andar con esos cuentos...

Extendió el trozo de papel y observó las emborronadas letras.

SOCORRO, ESTOY AQUÍ PRISIONERO

Se lo quedó mirando un buen rato. "Esto es exactamente lo que querías", le decía, emocionada, una parte de su mente. Pero la otra le recordaba la forma en que la mujer-liebre se había parado en la ladera, mirándola con sus ojos vigilantes y salvajes, y el tono con que había dicho: "la muchacha autosuficiente", con esa sonrisa torcida.

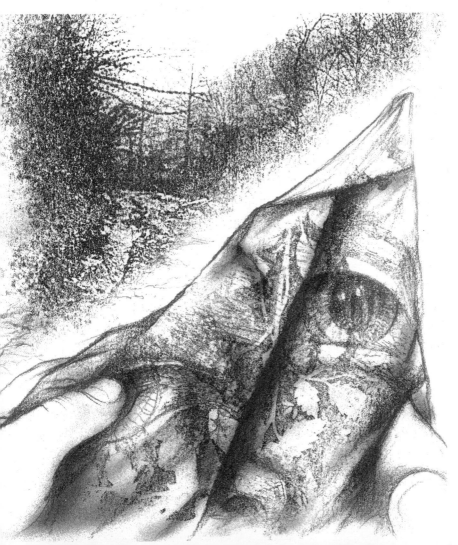

Oz tiró de sus muñeca.

—¿Qué crees que sea?

—¿Qué?

—¡Jin! ¿Vas a hacer algo?

De pronto tomó una decisión. Se levantó.

—Ven. Vamos al pueblo, a ver al papá de Keith.

5:40 P.M.

Tug se estaba sofocando. Tenía la cabeza apretada contra la parte posterior del sofá y la mejilla contra la alfombra; Doyle le tapaba la boca con una mano. Sentía el cuerpo adolorido por la violencia con que Doyle lo había arrastrado y echado al piso cuando se oyó el grito allá afuera. La voz del conductor del noticiero se oía en la habitación, triste ahora que nadie escuchaba.

"...Gente Libre expresó hoy sus demandas por la liberación de Liam Shakespeare. Exigen que el gobierno haga desaparecer el Seguro Infantil y todas las facilidades impositivas para los padres, y que se utilicen esos recursos para establecer Casas Comunitarias en donde se pueda internar a todo niño menor de dieciséis años para su educación. Aseguran que esta medida 'eliminará el poder nocivo del núcleo familiar'. El gobierno tiene de plazo hasta el viernes para aceptar."

"¡Qué raro!", pensó Tug. Sabía que lo habían hecho bajar especialmente para escuchar esa noticia, pero se sentía completamente ajeno a ello. Podía estar sucediendo a un millón de kilómetros de allí. Sólo pensaba en que tenía ganas de estornudar; su nariz estaba llena de polvo y no podía evitarlo.

—¡A... a... chúu!

Estornudó en la mano de Doyle.

—Bestia asquerosa —murmuró éste, pero no movió un ápice la mano. En ese momento se escuchó la puerta del frente.

—Está bien —dijo la mujer.

Sus manos estaban llenas de extraños hongos amarillos. Los tiró sobre la mesa y miró hacia donde estaban Doyle y Tug:

—¿Están jugando a las luchas?

Doyle sonrió suavemente y se puso de pie.

—Está en la etapa en que tiene que medir sus fuerzas contra las de su padre. Le falta mucho para vencerme. —Todavía sujetaba a Tug por las muñecas y miraba fijamente a la mujer de arriba abajo—: ¿Y?

Ella se encogió de hombros.

—Nada. Un par de chiquillos merodeando. Ya había visto a la niña. Vive aquí cerca.

—¿Una muchacha? —De pronto, Doyle se quedó quieto—. ¿Como de catorce años? ¿Delgada, pelirroja y con una trenza?

—Pues... sí —la mujer frunció el ceño. Tug casi podía sentir cómo sus músculos se tensaban—. ¿Ya la habías visto?

—Sí —Doyle tiró de los brazos de Tug y le hizo rodear la mesa—. La vez pasada era ella. Creo que debemos sentarnos, los tres, y tener una pequeña charla.

Tug se dejó caer en una silla y miró a los lados. A su izquierda se sentó la mujer; se mordía la uña del pulgar y lucía preocupada. A su derecha, los ojos azul claro de Doyle se mantenían serenos bajo su pelo negro, con su rostro, familiar y odiado a un tiempo, pues cada vez que Tug se miraba al espejo veía algo muy parecido.

—Bien —comenzó Doyle—. Hablemos sobre las visitas.

Los dos adultos se inclinaron sobre la mesa, y Tug se vio inclinándose también, como si contribuyera a hacer el plan. Como si los tres fueran un grupo, defendiéndose contra los peligros del mundo exterior.

6:30 P.M.

—Ya veo —dijo el señor Hollins con lentitud—. ¿Y qué quieres que yo haga, Jinny?

Volvió a doblar el papel y lo lanzó sobre la mesita de té. La señora Hollins hizo una mueca de disgusto y Keith se agachó a recogerlo.

—Quiere que vayas a la cabaña, papá —dijo—. A ver qué está pasando. —Habló con un poco de impaciencia y su madre le reclamó.

—No voy a dejar que le hables así a tu padre. Y eso de ir al valle del Desfiladero a molestar por nada a los inquilinos... bueno, pues creo que has perdido la cabeza, hijito, de pensar en semejante cosa. ¡Y quita los codos de la mesa! No sé qué pensará Jinny.

"Te importa un rábano lo que piense", se dijo Jinny, apretó los labios y se mantuvo en silencio. No tenía caso irritar más a la señora Hollins; no le beneficiaría a Keith. Fijó la mirada en el rostro del señor Hollins y esperó su respuesta.

Pero no contaba con que Rachel tenía que meter su cuchara. Primero miró con desdén a Keith y después con aprobación a su madre:

—Papá hará el ridículo si va a la casa de campo, ¿verdad, mamá? Keith está loco, ¡mira que traer a Jinny con ese cuento!

Jinny apretó la mano de Oz y se mordió los labios. No había forma de hacerle alguna seña a Keith, que frunció el entrecejo.

—No seas grosera, Rachel —la reprendió suavemente, pero con

firmeza—. Harás que Jinny se sienta mal, y ella no le ha hecho daño a nadie.

—¡Te agradecería que no le dijeras a tu hermana lo que tiene que hacer! —saltó la señora Hollins, poniéndose de pie—. ¡Vete a tu cuarto! No quiero que discutan.

—Pero yo no estaba...

—¡A tu cuarto!

Con la cara roja, Keith empujó su silla hacia atrás. Se veía alto y ridículo. Jinny notó que su hermano miraba azorado la escena y le dio una patadita en el pie. No quería que Keith se sintiera peor. Bajó la mirada hacia su plato. Se sentía desconcertada y a disgusto.

—Lo siento —se disculpó, cuando ya Keith salía del cuarto—. No debí venir a interrumpir su hora del té en esta forma causando tantas molestias. Sólo que... cuando hallé la nota...

—Cuando *yo* hallé la nota —la interrumpió Oz.

—Es cierto. Cuando Oz encontró la nota, creímos que podría ser... que debería ser... —apretó los puños y miró con desesperación al señor Hollins—. No estoy bromeando, se lo prometo. Y también está el grito del otro día.

El señor Hollins sonrió de pronto.

—Tranquila, muchacha. Ya sé que no bromeas. Te conozco bien. Eres una Slattery hasta los huesos y nunca bromeas.

—¿Entonces? —Jinny lo miró esperanzada.

—¡Por favor! —añadió Oz. Se hallaba sentado junto al señor Hollins y lo miró con solemnidad—. Debería haber visto a esa mujer saltándome encima, fue horrible.

El señor Hollins se frotó la cara con su enorme mano.

—No les irás a hacer caso —dijo la señora Hollins.

—Bueeeno —se frotó con más fuerza—. Tal vez solo, tal vez, Jinny tenga razón y algo raro esté pasando ahí arriba. Será mejor que eche un vistazo, sólo para asegurarnos.

—Pero son nuestros inquilinos —argumentó la señora Hollins—. Mis inquilinos. No los voy a correr.

El señor Hollins se levantó y tomó su gorro.

—Inquilinos o no, tengo que hacer mi trabajo. Vamos, Jinny, tú serás mi excusa. Y así podrás ver si no te estás ahogando en un vaso de agua.

—¡Yo también! —exclamó Oz rápidamente.

El señor Hollins le revolvió el cabello.

—No vamos de día de campo. Puedes quedarte con Rachel. —Oz hizo una mueca de disgusto.

—Pero yo fui el que...

Jinny se agachó con rapidez y le susurró al oído:

—No tiene caso que insistas, no te va a llevar. Pero no tienes por qué quedarte con Rachel y la señora Hollins; ve a ver a Keith y dile que regresaré a contarle lo que pase.

Para su alivio, Oz asintió y en cuanto dejaron de verlo se levantó de la mesita de té y salió del cuarto. Jinny siguió al señor Hollins hasta su auto.

Éste le sonrió al tiempo que encendía al motor:

—¿Será necesario poner la sirena y encender la torreta? —era mucho más alegre cuando su esposa no estaba presente. Jinny también le sonrió.

—¿Como todo un policía, quiere decir?

—¡Chiquilla insolente! —la reprendió con la mente puesta en otra cosa. Pensaba en algo distinto y guardó silencio mientras se alejaba de la oficina de Correos y remontaba el valle. No volvió a hablar hasta que se hallaban rebotando en el camino a la cabaña. De repente dijo—: No tiene caso molestar a las personas por nada. Creo que sería mejor no hablar del mensaje ni de los gritos de auxilio, ¿no crees?

—Pero, ¿cómo…?

—Déjamelo a mí, hija. Nada más no pierdas la cabeza.

Cuando bajaron del auto y caminaron por el patio, haciendo crujir la grava, Jinny tuvo la extraña sensación de que alguien los observaba. No tenía pruebas de ello; no había ningún rostro en las ventanas ni ningún movimiento en las cortinas; pero cuando el señor Hollins tocó la puerta, ésta se abrió de inmediato.

—¿Sí? —preguntó la mujer-liebre. Se dio cuenta de la presencia de Jinny y sus miradas se encontraron—. Hola.

—Hola —saludó Jinny. Sintió que había sido descubierta, que la mujer-liebre sería capaz de leer la verdad en su rostro y en aquella sola palabra, pero la mujer no demostró nada. Sólo se volvió hacia el señor Hollins, cortés y expectante.

—Buenas tardes, señora Doyle. —El señor Hollins se quedó en el quicio—. Siento mucho molestarla. Si quiere podemos venir más tarde.

—Claro que no —no vaciló, ni siquiera ese pequeño titubeo que hubiera tenido cualquier otra persona. Jinny y el señor Hollins pasaron directamente a la enorme cocina.

En el cuarto reinaba el desorden típico de una familia en vacaciones: libros, mapas, una cámara dejada al descuido sobre la mesa. Había un leve olor a podrido, como si la casa no hubiera sido aseada con el esmero que a la señora Hollins le gustaba, pero no se veía nada extraño.

Otras dos personas estaban sentadas en el viejo sofá: el hombre que Jinny ya conocía, con sus fríos ojos azules que casi la hicieron estremecer cuando la miraron, y un muchacho.

Un muchacho de pelo negro y ojos azul claro.

—Creo que ya conocían a mi esposo —dijo la mujer-liebre—. Y éste es mi hijo Philip.

"Son tan parecidos como dos ovejas", fue lo primero que pensó Jinny. Más tarde se dio cuenta de que no era cierto, pues sus rasgos eran bastante distintos. En especial sus bocas: los labios del hombre eran delgados y pálidos; los del niño eran llenos, como si estuvieran hinchados. Pero esos increíbles colores, los ojos azul pálido y el pelo negro, señalaban con claridad que eran padre e hijo. La imagen que se había formado de un niñito encerrado en el ático de pronto le pareció tonta e irreal. El muchacho estaba sentado en un cuarto, con sus padres, como cualquier familia. Y no había evidencia de cadenas, látigos o barrotes. Miró al piso, ruborizándose y sintiéndose tan confusa que casi no escuchó lo que el señor Hollins decía.

—...Me apena tener que molestarlos, pero hemos tenido problemas con las ovejas en esta parte del valle. Hay un perro extraño que las está cazando; Jinny dice que lo vio venir en esta dirección ayer. ¿Es cierto, Jinny?

—Sí —Jinny miró hacia arriba, recuperando el control—. Un pequeño terrier, tipo Jack Russel. Con una oreja lastimada. —¿Estaba exagerando? ¿Por qué el muchacho la miraba de ese modo?

—No tenemos perro —aclaró el hombre. El asunto parecía haberlo impresionado de alguna manera—. Pero quizá desee echar un vistazo por la casa. Sólo para estar seguros.

—Sí, gracias —el señor Hollins parecía sorprendido, pero no estaba agitado—. Creo que sí. —Se levantó pesadamente—. Podría ahorrarnos tiempo.

La mujer abrió la.puerta que estaba al pie de las escaleras.

—Lo acompaño. Aunque usted por supuesto ya conoce el camino.

Cuando el señor Hollins y la mujer-liebre empezaron a subir, Jinny volteó hacia el sofá y se encontró de nuevo con la mirada del muchacho. Aún la miraba fijamente, sin sonreír ni hablar. Había algo extraño en su cara, algo no esperado, pero casi familiar. ¿Era que se parecía mucho a su padre? Jinny trató de descifrarlo, pero no pudo.

Su padre lo animó:

—Vamos, Phil, la muchacha va a creer que eres tonto. Habla con ella, platícale. —Miró al niño de reojo, burlonamente, como si le pidiera algo muy difícil; cuando el muchacho finalmente habló sonaba extraño, parecía torpe, con una voz aguda y cortés.

—¿Vives en el pueblo?

—No exactamente en el pueblo —le contestó—. Un poco más arriba del valle. Tenemos una pequeña granja... una pequeña finca en realidad.

—¿Sí? —con un visible esfuerzo habló de nuevo—. ¿Vives ahí con tus padres?

Jinny asintió.

—Y con mi hermano Oz y mi hermanita Louise —la conversación era difícil, como si cargara un enorme peso; ella se lanzó a fondo, tratando de obtener alguna reacción del chico para aligerarla—: somos excéntricos, ¿sabes? Cultivamos nuestra comida y nos hacemos la ropa. Tendríamos nuestro propio generador, pero no hay suficiente caída de agua en el manantial. Mi papá siempre dice que deberíamos construir un molino de viento, pero hasta ahora no lo hemos hecho; así que en invierno usamos velas hechas para ahorrar electricidad. Y apestan.

¿Qué le pasaba al muchacho? Ni siquiera esbozaba una sonrisa. Parecía no tener el más mínimo interés en lo que Jinny le contaba. Sin embargo la miraba y la miraba, Jinny continuó, más con la intención de eliminar el terrible y tenso silencio que para ser cortés:

—Desde luego que necesitamos algo de dinero. Hay que pagar impuestos y cosas de ésas, así que mi padre tiene un taller. Es joyero y...

Fue entonces cuando sucedió. Se oyó el ruido de pasos en el piso de arriba. El señor Hollins y la mujer-liebre bajaban. Durante un momento, el hombre miró hacia las escaleras. En ese instante, mientras Jinny hablaba acerca de Joe, el chico la miró a los ojos y, hablando sin emitir sonido, sus labios formaron una sola palabra:

"Auxilio".

No lo estaba imaginando. El chico lo decía en serio. Su mirada era desesperada. Sus ojos se abrieron más y levantó las cejas, parpadeando rápidamente, como si le costara trabajo hacer que el silencioso mensaje llegara a través del aire hasta Jinny.

—...Por lo pronto está haciendo una hermosa cadena para la esposa de un alcalde del sur. —Milagrosamente, su voz siguió sin titubeos, sin temblar, mientras su mente trataba de asimilar lo que estaba sucediendo. ¿Qué quería decir?

Entonces la mujer-liebre entró al cuarto y el hombre de los ojos fríos la miró de nuevo.

—...Siento mucho haberlos molestado —decía el señor Hollins.

El hombre movió la cabeza.

—No hay problema —dijo—. Venga cuando guste. Si quiere, todos los días —aún sonaba divertido.

—Tal vez Philip quiera visitarnos —agregó Jinny rápidamente, sacando valor de algún lado—. Es muy divertido tratar con puercos, gallinas, vacas y todo eso. Sin contar a mi hermana Louise. Es la más ruidosa de todos. Nos gustaría mucho que venga. Mi hermano Oz está desesperado por jugar con alguien, ya que está rodeado de mujeres. Dice…

El señor Hollins la interrumpió. Para su sorpresa, le picó las costillas.

—Mejor nos vamos, Jinny.

Era evidente la advertencia en su voz. Jinny se asombró tanto que no terminó la oración y dejó que se despidiera y se disculpara de nuevo. No entendía qué estaba pasando, hasta que se subieron al automóvil y el señor Hollins le explicó.

—Disculpa que te haya sacado así, muchacha —le dijo en voz baja—. Creo que fue mejor para todos no dejar que continuaras y salirnos antes de que tuvieran que dar explicaciones. No deberías saberlo, pero el muchacho es retrasado. También le dan ataques. Por eso es que no se relacionan con nadie.

Jinny vaciló:

—¿Quiere decir que está loco?

—Claro que no —el señor Hollins parecía impresionado—. No está loco. Un poco retrasado, como un niño chiquito. —Se acomodó el cinturón de seguridad y encendió el motor—. Tiene carteles de Peter Rabbit y cosas así en su cuarto. Y una gruesa colcha cubre el tragaluz, para que pueda dormir. Parece que necesita que lo estén mimando siempre. Su madre me lo explicó todo. —Puso el auto en primera y se alejaron de la cabaña—. Así que eso es todo, ¿ves? —terminó cortésmente—. A menudo sucede. Investigas una cosa y resulta que se trata de algo que no esperabas. Es algo que uno aprende en la policía.

—Pero… —Jinny frunció el ceño; aún no se sentía lista para decirle lo que había sucedido—. ¿No cree que es una familia extraña?

Antes de que pudiera explicar a qué se refería, el señor Hollins empezó a reírse de ella:

—Vives en una caja, ¿no? En esa granja de ustedes. ¿Quieres bajar al mundo, hija? ¿Ver cómo es? Todas, todas las familias son extrañas.

—Pero ese chico…

—¡Vamos! Ya te dije qué pasa.

Jinny se miró los pies y habló con bastante rapidez, de modo que él no pudiera interrumpirla:

—Me dijo "Auxilio". Cuando ustedes estaban en el piso de arriba. Me lo dijo en secreto para que su padre no lo viera.

El señor Hollins evitó un bache.

—Ya no puedo hacer más, Jinny. No soy psiquiatra ni trabajadora social. No pidas milagros. Vine a tu cacería de gansos salvajes y esto es todo lo que puedo hacer por ti.

—Pero…

—¿Son raros? ¿Y qué? Es una familia. Ya te dije. Examina a cualquier familia y encontrarás cosas raras. Eso también lo aprendí en la policía.

Su tono era amable, pero no admitía más preguntas, y Jinny se quedó en silencio. Miró hacia atrás cuando salían de la pequeña hondonada.

Ahí estaban las tres siluetas, en la puerta de la cabaña. Phillip estaba en medio de sus padres. Su padre le rodeaba los hombros con el brazo y su madre le acariciaba el pelo. Vagamente, Jinny supuso que el señor Hollins tenía razón. Era una familia. ¿Y quién podía saber qué sucedía en el interior de las otras familias? Como Joe le había dicho toda su vida: no era asunto suyo.

7:15 P.M.

Tug observó la parte trasera de la patrulla mientras ésta se alejaba dando tumbos por el sendero. Se fueron. El policía y la muchacha se habían marchado y él se sentía miserable y confundido.

Una parte de sí era consciente del bulto que sobresalía del bolsillo del pantalón de Doyle: el arma que hacía que no gritara e implorara ayuda. "Cobarde, soy un cobarde. Ya estaría libre si no fuera tan cobarde."

Pero no era así de fácil. El policía y la muchacha habían hecho una visita de rutina a la familia Doyle. Habían platicado cortésmente y se habían marchado sin notar nada. Porque creían en la familia Doyle. De alguna manera, esa creencia la hacía más real. Sintió un escalofrío. "Soy Tug", se dijo con furia, haciendo un esfuerzo por hurgar en sus recuerdos y recuperarlos. Pero eran intangibles y desordenados, recubiertos con los llamativos colores de un disfraz. ¿Cómo pudieron ocultar su vida anterior con el disfraz de Philip Doyle?

(¡Oh! Soy un Doyle ahora,
un Doyle ahora, un Doyle ahora…)

Se estremeció de nuevo y el brazo de Doyle se tensó en sus hombros.

—Muy bien —el murmullo hizo eco a los infelices pensamientos de Tug—. ¿Qué crees que pensaron de nuestra feliz familia el señor Cerdo y la delgaducha señorita Zanahoria?

La mujer se volvió, obligando a los otros dos a hacerlo también, de modo que quedaron de cara a la casa, frente al gran espejo que colgaba en la pared, sobre el sofá.

—Mira —señaló—. Eso es lo que vieron.

Tug observó el espejo: dos cabelleras negras y una castaña, muy juntas. Doyle sonrió.

—Una hermosa combinación. —Fue hasta la mesa y tomó la Polaroid—. Quédense donde están y volteen hacia la puerta. Esta cosa dispara automáticamente.

Llevó una silla al patio, puso la cámara sobre ésta y se inclinó sobre ella para prepararla.

—¿Qué está haciendo? —preguntó torpemente Tug.

—Ya sabes, Doyle y sus arrebatos festivos —respondió la mujer con seriedad.

Doyle regresó y tranquilamente pasó un brazo sobre los hombros de Tug, sonriendo hacia la luz de la tarde.

—Digan "whisky".

—No quiero... —empezó a protestar Tug, pero antes de que pudiera moverse se escuchó un clic y Doyle se dirigió hacia la cámara. De un tirón, Tug se soltó de la mujer y se echó a correr. Pero no lo hizo hacia el monte, pues Doyle le cerraba el camino, sino hacia la cocina. Se tiró sobre la alfombra y ocultó la cabeza en los cojines del sofá.

Después de un rato, Doyle le preguntó:

—¿No quieres ver la foto?

—No, no quiero —Tug hundió aún más la cabeza en los mullidos cojines.

—¿Te da miedo? —preguntó Doyle riéndose entre dientes.

—Claro que no me da miedo —el muchacho levantó desafiante la cabeza—. Es sólo que...

Pero él mismo no sabía lo que le pasaba, y la imposibilidad de explicarlo hizo que por fin volviera el rostro y mirara la fotografía que Doyle tenía en la mano.

Ahí estaban los tres, en el zaguán de la casa de campo, un tanto oscuros pero suficientemente nítidos, La mujer sobresalía del grupo, alta y bronceada, sonriendo a las dos matas de pelo negro, una sobre una sonrisa burlona y la otra sobre un ceño fruncido.

Era una típica foto familiar. Una pareja con su rebelde hijo adolescente. Cualquiera podría adivinar su parentesco sin necesidad de que se lo dijeran. Tug cerró los ojos y los apretó.

—No es verdad —exclamó desesperadamente, tratando de convencerse a sí mismo.

Doyle sonrió.

—La cámara no miente.

—Sí miente, miente.

—¿Por qué? —la voz de la mujer sonó fría e inteligente, sin burlarse como Doyle—. Dinos por qué.

—Todo esto —dijo Tug, sofocado, abriendo los ojos—. Esta maldita familia, ¡es una mentira!

—Claro que es mentira —parecía contenta de poder decirlo. Tug la miró, con la loca esperanza de que le explicara todo—. Claro que es mentira —repitió—. El concepto de familia feliz es falso. Todas las familias son parásitas y destructivas. Ya te lo he dicho: la familia es una prisión.

Fue como si le hubieran servido un cubo de hielo cuando lo que necesitaba era un plato de sopa caliente. Reprimió un grito.

—No me refería a esa basura.

—Ay, Tug. ¿No has entendido nada?

La sensación de un miedo contundente se le formó en la garganta. El miedo a la pistola era sólo un juego, comparado con éste.

—¿Qué dijo? —preguntó con bastante lentitud.

—Dije que no has entendido nada. Me he estado esforzando, tratando de ayudarte…

—No, eso no me importa —la interrumpió bruscamente—. ¿Cómo me llamó?

Ella vaciló, intentando recordar lo que había dicho, después se echó a reír.

—Te llamé Tug —se volvió a mirar a Doyle un instante—. ¿No recuerdas que te digo así desde que eras muy niño?

—No —respondió Tug horrorizado, en voz baja. Sintió que una densa oscuridad se cernía sobre él. *Tug*, yo soy *Tug*. Ésa había sido su defensa contra ellos. Su secreto—. ¡No!

—*Sí* —asestó Doyle.

—Mira —de pronto, la mujer alcanzó su voluminosa bolsa de mano. Doyle la miró buscar en un montón de papeles, como si lo hubiera tomado por sorpresa, y cuando sacó algo para que Tug lo viera, se estiró un poco para ver él también.

Era otra fotografía. Vieja. Debía serlo pues ella se hallaba en el centro, con rasgos más finos, el contorno de los huesos más suave. Su pelo, muy corto, resaltaba la agudeza de su mentón. Acunaba en sus brazos a un bebé. Su sonrisa torcida era una mueca burlona, como si le asombrara verse en la tradicional pose de una madre.

—¿En serio? —murmuró Doyle—. Vaya, vaya, vaya.

—Tenías seis semanas —dijo la mujer mirando a Tug.

—No —repitió éste. Pero su réplica era desesperada. Como si golpeara con ambos puños rechazando un ataque. No dejaría que fuese verdad.

Repentinamente, el muchacho estiró un brazo y le arrebató la fotografía, la rompió en dos y tiró los pedazos al suelo, con la ridícula intención de eliminar toda la miseria que albergaba en su interior con el solo hecho de destruir una foto.

Miró hacia arriba y su asombro fue tal que olvidó su lamentable condición. Se dio cuenta de que en verdad había herido a la mujer, sin habérselo propuesto. Estaba rígida, los ojos muy abiertos, el rostro pálido.

—Qué interesante —canturreó Doyle.

—No... no importa —dijo la mujer ásperamente—. Es sólo una foto, ¡por Dios!

Pero no la miraba. Veía resueltamente hacia otro lado, y Tug se dio cuenta del enorme esfuerzo que estaba haciendo para no agacharse y recoger los pedazos.

—Qué conmovedor —comentó Doyle con frialdad, y recogió los trozos—. Guardabas esto con cariño, ¿No?

—Sólo es una fotografía —repitió la mujer a la defensiva.

Parecía que se habían olvidado de Tug. No sabía de qué hablaban, pero estaban tensos, mirándose fijamente a los ojos hasta que pareció haber entre ellos un lazo invisible,

Lenta y deliberadamente, Doyle rompió los pedazos de fotografía hasta formar un montón de trozos pequeños que llovieron sobre la alfombra. La mujer no dijo nada, pero estaba pálida y sus ojos echaban chispas. Tug sintió que su furia se había disipado y sentía pena por ella. Nerviosamente, tocó su mano.

—Lo siento —balbuceó, y añadió, creyendo que eso le agradaría—: Lo siento, Ma.

Pero ella se volvió sin mirarlo y enseguida Doyle lo tomó del brazo y lo arrastró escaleras arriba.

Tug se dejó llevar sin oponer resistencia. En su interior la lucha era tan intensa que no le quedaban energías para oponerse a Doyle. Las imágenes aparecían en su mente, traslapándose y confundiéndolo más; la mujer que lo tiraba al suelo y lo golpeaba en la cara; sus manos tomando las suyas en la cocina; la forma en que la acababa de ver. ¿Cómo juntar todas esas imágenes y conformar una sola persona? Y lo que resultaba peor, ¿cómo saber qué sentía por esa persona o qué significaba para él?

Doyle lo arrojó al ático y cerró la puerta tras él, sin tomarse la molestia de quedarse a hacer guardia. El cuarto estaba oscurecido por la colcha que cubría el tragaluz y ocultaba los barrotes; Peter Rabbit, don Pulpo y la Patita lo miraban desde los carteles que colgaban en las paredes. Pero Tug ni los volteó a ver; se dirigió hacia la cama y se tumbó en ella "¡Ay, Hank", pensó. "¿Qué harías tú? ¿Entenderías lo que está pasando?"

Sin embargo Hank no estaba ahí. Trató de recordar su cara, su voz, pero se habían desvanecido por completo, como si su recuerdo hubiera sido extirpado de su cerebro.

Y entre más intentaba imaginársela, más veía otro rostro. Con el pelo castaño recogido hacia atrás con una liga y enormes ojos dorados. ◆

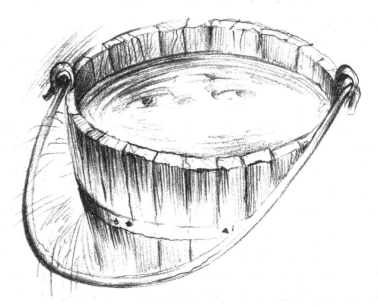

Día ocho. Domingo 14 de agosto

◆ 10:00 A.M.

Jinny habría estado perfectamente, haciendo de nuevo su vida normal y dispuesta a olvidarse de la mujer-liebre y de la cabaña del valle del Desfiladero; dispuesta a concentrarse en la ordeña y en la siembra, a limpiar las habas y plantar las coles para que todo estuviera listo para la cosecha del martes.

Sólo que no podía olvidar el rostro del extraño muchacho.

Todo el sábado estuvo trabajando y repitiéndose a sí misma que no era asunto suyo. Que el chico era retrasado y le gustaba hacer bromas estúpidas.

Pero no dio resultado. A donde quiera que volviera la vista, encontraba el rostro del muchacho. Los ojos azul pálido la miraban desde el fondo del cubo de leche que estaba restregando; tras las nubes de vapor que surgían del agua hirviente sentía el rápido parpadeo de su mirada. Bailaban frente a ella cuando recorría el llano largo, cargando el rastrojo detrás de Joe y el caballo. La miraban con un brillo de reproche desde la dorada cara de Florence, a la hora de la ordeña vespertina. Pero no era el recuerdo de su silencioso y desesperado llamado lo que le preocupaba; después de

149

todo, podría tratarse de un juego. Quizá. Lo que le molestaba era la sensación de que había algo que debió haber comprendido y de lo que se habría dado cuenta de no ser por su estupidez.

Estuvo luchando contra esa sensación todo el sábado, pero el domingo ya no pudo más. Se hallaba barriendo el patio, mientras Bella preparaba el almuerzo y arrullaba a la niña; Joe y Oz estaban en el llano largo, plantando las coles; Jinny se les uniría más tarde. Y lo habría hecho, pero mientras barría, con la mandíbula apretada y haciendo esfuerzos por eliminar a la familia Doyle de su pensamiento, un delicioso aroma cruzó el patio. Era un olor raro, especial, que en otro momento habría provocado que se le hiciera agua la boca y esperara con impaciencia la hora del almuerzo.

Bella cocinaba la liebre.

Por alguna razón que Jinny no entendía bien, dejó de barrer, puso la escoba en el cobertizo y, sin más, echó a caminar rumbo al pueblo para ver a Keith.

Al llegar a la parte posterior de la oficina de Correos, Jinny escuchó a la señora Hollins y a Rachel reírse y chismorrear en la cocina mientras preparaban la comida. La pasaban bien cuando estaban juntas y Keith no andaba cerca para ser regañado. Jinny no deseaba encontrarse con ellas. Pudo ver a Keith acuclillado frente a sus papeles y le tocó en la ventana para que la dejara entrar.

Él le abrió la puerta, mirándola asombrado y complacido a la vez.

—Jinny, sabes leer el pensamiento. Me preguntaba si habría forma de hacer que vinieras por aquí antes del almuerzo. Necesito preguntarte algo.

—Y yo quiero… —empezó a decir ella. Pero Keith ya la empujaba hacia la sala, mascullando lo que quería decirle:

—Siéntate aquí y mira la televisión. Quiero que veas algo que grabé anoche. Dime si te parece raro.

"No, no", pensó cuando él tomaba los controles del aparato de video, "no quiero saber del asunto Shakespeare."

—Mira, Keith. No tengo mucho tiempo y quiero...

—No nos llevará ni un minuto —argumentó él con firmeza—. Escucha, ¿te acuerdas que estaba muy preocupada cuando la entrevistaron la otra vez? ¿Que no sabía qué querían los terroristas?

No se molestó en decirle de quién hablaba, pero se trataba de ella. Keith estaba obsesionado.

Entonces se dio cuenta, con disgusto, de que había sido su propia obsesión la que la había llevado hasta ahí. Keith se sentiría tan cansado de la mujer-liebre y su familia como ella lo estaba de Harriet Shakespeare. Iba a tener que escucharlo primero. Echando mano de sus reservas de interés, asintió.

—Bueno, pues los terroristas han dado a conocer sus demandas —Keith la miró—. No creo que la noticia haya llegado hasta tu casa.

—No te burles, Keith —le reprochó ella.

Él sonrió.

—Ya me lo imaginaba —se puso serio—: Bueno, te diré lo que quieren. Quieren que se establezcan internados comunitarios para todos los niños menores de dieciséis años, de manera que no tengan que vivir con su familia. Se supone que los internados se mantendrán con los recursos del Seguro Infantil y con lo que aporten los padres de lo que corresponde a las exenciones de impuestos por tener hijos.

—¿Y? No tiene sentido —Jinny se encogió de hombros.

—Sí, sí lo tiene —afirmó Keith con la cabeza—. Es exactamente lo que yo esperaba. Algo definido y práctico.

—Pero deben saber que nunca lo obtendrán, es demasiado —repuso Jinny.

—Desde luego que no van a obtener nada. Por lo pronto. Pero, al decir que matarán a Liam Shakespeare el próximo viernes si el gobierno no cumple, están seguros de que la gente va a pensar en su propuesta seriamente. Y como no les van a cumplir, puedes dar por muerto al chico desde este instante. Así que... —hizo una pausa para tomar aliento.

"Gracias a Dios", pensó Jinny, "por fin llegamos a la cuestión."

—...Así que, ¿cómo crees que se sienta Harriet Shakespeare ahora?

—Bueno, supongo que peor —no podía entender por qué le preguntaba algo tan obvio—. Ella debía esperar que pidieran algo posible. Aunque no estuviera de acuerdo con ello. Pero si piden algo imposible, entonces quiere decir que su único objetivo era hacerse publicidad... y tal vez maten a Liam de todos modos. Ella no puede hace nada por evitarlo, porque no es el gobierno.

—¡Exacto! —Keith la miró como si acabara de pasar un examen—. Ahora veamos la entrevista de anoche. —Encendió el aparato.

La grabación empezó con el anuncio de que Harriet Shakespeare había comentado las demandas de Gente Libre. Después su rostro, amable y duro, apareció en la pantalla.

(—No se ve diferente —comentó Jinny en voz baja.

—¡Silencio! Escucha.)

—Señora Shakespeare, ahora que ya sabemos lo que los terroristas piden por la vida de su hijo, ¿ha cambiado su punto de vista sobre la situación?

—Las demandas son sobre algo que era de esperarse —contestó

ella con firmeza—. He estado investigando los últimos seis meses al grupo Gente Libre, y lo que piden constituye la primera etapa de un programa a largo plazo.

—¿Son un grupo violento? ¿Cree que matarán a Liam si no obtienen lo que quieren?

(—¡Qué falta de tacto! —susurró Keith.

—A lo mejor piensa que lo puede aguantar porque ella también es periodista.

—¡Shh!)

—…No soy yo la más indicada para comentar eso —continuó Harriet Shakespeare—, pero hay algo que quiero decir. Me informaron que la televisión está prendida casi todo el tiempo en mi casa y deseo decirle algo a Liam, si me está viendo. —Sus ojos azul pálido voltearon hacia la cámara. Jinny sintió un cosquilleo en todo el cuerpo, pero no supo por qué. Harriet continuó hablando, lenta y decididamente—: No te rindas, todo saldrá bien. El próximo viernes estarás a salvo. Haré todo lo que esté a mi alcance para sacarte con bien de esto. Sé valiente. Es todo.

—¿Qué piensas? —Keith apagó la televisión.

—Lo decía en serio, ¿no? No sólo para animarlo. De veras cree que puede salvarlo.

No había manera de malinterpretar esa mirada azul pálido ni el rápido parpadeo de sus ojos.

…el rápido parpadeo de sus ojos…

Jinny se recostó en su asiento y respiró profundamente. "Me voy a volver loca", pensó. Tomó otra bocanada de aire.

—Por favor, ponla de nuevo.

—¿Qué? ¿Para qué?

—¡Ponla de nuevo!

Keith la miró desconcertado, se encogió de hombros y pulsó los botones de encendido. Esta vez, Jinny observó cuidadosamente y lo notó por segunda ocasión. La expresión seria y desesperada de Harriet, los ojos muy abiertos y ese rápido parpadeo. Sentía una opresión en el pecho que no la dejaba respirar bien. Cuando Keith apagó el aparato de video, ella dijo:

—¿Tienes una foto de Liam Shakespeare? —le faltaba el aliento y hablaba con dificultad.

—¿Te sientes bien, Jin?

—Por favor, la foto. No, ésas no —Keith había tomado la carpeta de recortes de periódico. Había ahí una o dos fotos de Liam tomadas a través de la ventana de su casa, pero sólo mostraban una vista borrosa de un muchacho rubio de espaldas—: Quiero una bien tomada, en la que se vea bien su cara. ¿No tienes nada que sea anterior al secuestro?

—¡Ah! ¿Te refieres a la que viene en el artículo que encontró mamá? ¿De la cual te burlaste como un viejo cascarrabias? —Sonrió mientras buscaba en otro archivo—. Jinny, ¿por qué no me dices de qué se trata? Te noto rara, como si te fueras a enfermar.

—Te lo diré pronto —le respondió cortante—. Pero si no te apuras, sí me voy a enfermar. —"Es imposible", se decía. "Estás loca, completamente loca."

—Aquí está.

Keith le arrojo el artículo: tres páginas brillantes, dobladas juntas. Jinny se acordaba de él porque era muy diferente de los formales recortes que Keith le había mostrado, y se había burlado de algunos de los comentarios más repugnantes de Harriet Shakespeare. Como éste: "Hay que tener mucho valor para volverse escritor si el apellido de uno es Shakespeare", y: "En el tipo de trabajo que yo hago, el valor y la verdad son de esencial importancia".

Ahora, al desdoblar las páginas en busca de la fotografía de Harriet Shakespeare y su hijo, a Jinny le temblaban las manos. No había visto con detenimiento el rostro del muchacho, pues estaba muy ocupada burlándose del artículo. Pero sabía que estaba ahí, porque se acordaba de haber pensado que era muy parca al hablar de su hijo. Ahora rogaba porque su idea fuera descabellada, y que al mirar la foto el rostro le fuera completamente desconocido. No tenía ni la más remota idea de qué haría si resultaba que tenía razón.

Ahí estaba la fotografía. *Harriet Shakespeare y su hijo Liam,* rezaba el pie de la foto. El rostro del muchacho no le era desconocido; era distinto, pues su cabello era rubio y estaba sonriendo, pero los mismos ojos azul pálido la miraban desde el papel. Los mismos rasgos.

—¿Y? —preguntó Keith amablemente.

Jinny cerró los ojos y los abrió después de un momento.

—¿Tienes un plumón negro? ¿De punto fino?

Se lo pasó junto con una hoja de papel. Jinny soltó la hoja, que cayó al suelo, y con mucho cuidado empezó a pintar el rubio pelo de Liam.

—¿Qué estás haciendo? ¡Ya la echaste a perder! —Keith trató de arrebatarle el plumón, pero ella retiró la mano antes de que la alcanzara.

—¡Espera! —le susurró. Siguió pintando con mucha lentitud y cuidado, preguntándose todo el tiempo qué haría a continuación.

Cuando terminó, tapó la pluma y la puso a un lado. Después observó la fotografía durante un buen rato: podía sentir a Keith mirándola, expectante.

—Liam Shakespeare no está en su casa en Londres —aseguró finalmente, en voz baja—. Está aquí, en la cabaña de tu mamá, en el valle del Desfiladero.

10:45 A.M.

Tug había olvidado qué día era hasta que escuchó las campanas. Estaba acostado, mirando el techo sin ver nada en concreto, tomándose el pulso una y otra vez, sólo para no pensar en nada, pues ya no había música que llenara su mente. Doyle y la mujer lo habían dejado en silencio, vigilándolo sin hablar, dejando que las preguntas le rondaran en la cabeza, preguntas que él no podía contestar, pero que tampoco podía hacer a un lado.

Pensando en lo sucedido, se dio cuenta de que, durante casi una semana, había estado viviendo de acuerdo con pequeños proyectos e intrigas: gritando para que le prestaran atención; escribiendo mensajes en trozos de papel; haciendo señas al policía y a la muchacha. Como un niñito que jugara con una cubeta de plástico en el cráter de un volcán, o estremeciéndose de miedo con los cuentos del lobo mientras monstruosos asesinos afilaban sus dagas en la puerta de su cuarto. Y todo el tiempo él se había preguntado: "¿Cuándo me puedo marchar a casa?" Se daba cuenta de que todo eso había sido demasiado sencillo, un juego de niños, ahora que sabía cuáles eran las verdaderas preguntas, las preguntas que correspondían a lo que en realidad le estaba pasando.

Doyle, la mujer, los locutores de la televisión, Hank, la muchacha y el policía —incluso su propia cara en el espejo—: todos le decían que él era Philip Doyle. Que Liam Shakespeare era un rehén confinado en una casa de Shelley Grove. ¿Acaso todos estaban equivocados? ¿O intentaban engañarlo?

¿Estaba loco todo el mundo?

¿Sería él el único que tenía razón?

Las preguntas se perseguían unas a otras, dando vueltas y hallando respuestas terribles, hasta que se dio cuenta que empezaría a gritar si no las apartaba de su mente. Así que ahora se encontraba tumbado de espaldas, sin pensar en nada concreto y tomándose el pulso de vez en cuando. Porque eso sí era real; era lo único que sabía con certeza sobre sí mismo: no estaba muerto.

Entonces empezaron a tañer las campanas de una iglesia cuyo sonido rebotaba en todos lados con ese particular bullicio que significa domingo. El repique lo tomó por sorpresa, antes de que pudiera poner en blanco su mente, y le hizo recordar la última vez que había escuchado ese sonido: el domingo anterior.

Había estado corriendo, corriendo con todas sus fuerzas para romper su propia marca de los diez kilómetros. Estaba a punto de rendirse pero el sonido de las campanas lo había levantado, inyectándole una gloriosa y fiera determinación; sus doloridas piernas le respondieron, accionadas por una fuerza adicional, un último esfuerzo que nunca antes se había manifestado.

Cerró los ojos. El recuerdo era extremadamente nítido, como si acabara de escuchar aquellas otras campanas, como si acabara de empezar a hacer su último esfuerzo, corriendo rumbo a casa.

"Recuerdo…"

¡No! la parte cautelosa de su mente se quedó rígida. Era un engaño que lo llevaba a la vieja rutina; Hank, Ma, Doyle, Shelley Grove… Recuerdos amontonados.

"El domingo pasado fui a correr, esperaba a Hank en la tarde. Había estado investigando a uno de sus grupos y decía que había logrado avances. Íbamos a tener una comida especial…"

¡No! ¡No!

"El domingo pasado vinimos aquí en el auto yo, Ma, y Doyle. Cuando llegamos sufrí una caída y me desmayé. Por eso tengo que descansar…"

¡No!

Asió con fuerza los costados de la cama e hizo un esfuerzo por aclarar su mente de nuevo, por expulsar todo recuerdo, incluso el recuerdo claro y físico de su carrera; era una alucinación, como todo lo demás. No podía confiar en ello; no podía permitirse creer que alguna vez había corrido así, con las piernas tan doloridas y haciendo ese gran esfuerzo. Pudo no haber sucedido, pudo no haber sucedido, pudo no….

"Por supuesto que sucedió."

La voz de su mente se escuchaba baja y calmada, pero más consistente que los pensamientos contra los que luchaba, y, de pronto, supo que tenía razón. Tenía que estar en lo cierto. Se levantó súbitamente, y lo mismo hizo Doyle en su puesto junto a la puerta. Le sonrió débilmente, se encogió de hombros y se acostó de nuevo, dándole la espalda de modo que no pudiera observar su expresión. Empezó a reflexionar.

No había forma de que recordara la experiencia de la carrera, el goce, el dolor y ese último esfuerzo a menos que en realidad le hubiera sucedido. Quizá no el domingo anterior ni hacia la casa de Liam Shakespeare, pero había sucedido. Era parte de él, tan segura y cierta como su pulso.

Y si podía tener la certeza de eso, debía haber otras cosas que supiera sobre sí mismo; otros recuerdos que fueran tan nítidos y reales como para no ser inventados. Podría construir un retrato de su persona, pieza por pieza.

Lentamente, comprobando cada pensamiento y cada recuerdo, empezó a pensar en sí mismo y en cosas de las cuales pudiera tener la certeza.

Tenía buena condición física; lo podía notar por su pulso, que era de cincuenta y cuatro estando acostado. Y por la dureza de sus bíceps cuando doblaba el brazo.

No le gustaban los plátanos. Sólo de pensar en el color de su cáscara y en su consistencia sentía ganas de vomitar.

Tampoco le gustaban los higos secos.

Ni los caracoles.

Sabía cambiar los empaques de un grifo, hacer la masa para el pan y arreglar una ponchadura en la llanta de la bicicleta. Estaba seguro de ello, no sólo porque podría escribir un conjunto de instrucciones precisas para hacerlo si tuviera papel, sino porque además podía imaginar hasta el mínimo detalle de cada proceso. El tacto suave del empaque estropeado que manchaba los dedos de negro al retirarlo del grifo. La forma en que la masa colgaba de los dedos si se le ponía demasiada agua. El alegre y revelador sonido de las burbujas de aire que mostraban el lugar exacto de la ponchadura.

Quizás había aprendido francés en la escuela (*je m'appelle Je-Ne-Sais-Quoi*) y posiblemente español (*no sé dónde me encuentro*), pero no ruso (…).

Debió haber pasado mucho tiempo al sol. ¿Corriendo? ¿Entrenando?, pues su reloj le había dejado una clara marca en la muñeca bronceada.

Las ideas lo asaltaban desde todas direcciones. El corazón le empezó a latir con fuerza y se dio cuenta de que respiraba con dificultad, agitado. Para calmarse, se tomó el pulso de nuevo (había subido hasta sesenta y cinco); después se concentró intensamente en reunir los pedazos de su personalidad. Pedazos que no dependían de quién era o a qué familia perteneciera.

Se hallaba inmerso en lo mismo una hora después, tratando desesperadamente de recordar todo, deseando tener dónde escribir sus pensamientos, cuando se escuchó un sonido de pasos que subían la escalera. La mujer empujó la puerta en la que Doyle estaba recargado, y entró cuando éste se hizo a un lado, Doyle miró su reloj.

—Aún no te toca. Falta una hora.

—Ya sé. Vine a decirte que hice comida y... —vaciló.

—¿Y? —Doyle estaba disgustado.

La mujer levantó el mentón, desafiándolo.

—Que ya estoy cansada de subir y bajar charolas. Apuesto a que tú también. ¿Por qué no llevamos a Tug a la cocina y cenamos todos juntos?

Doyle la miró largamente, y al cabo dijo:

—Esta bien. Levántate, Philip.

Tug se deslizó fuera de la cama sin dejar de observarlos. Doyle actuaba con cautela y ella jugueteaba con su larga mata de pelo, atada en una cola; la tenía asida con una mano y la pasaba entre los dedos de la otra. Abrió el camino hacia la cocina. Tug la siguió, con Doyle detrás.

—Ya veo —dijo este último cuando llegaron al pie de la escalera.

Había puesto sobre la gran mesa un mantel a cuadros; los cubiertos, platos y vasos estaban bien dispuestos para la comida. Había dos platones con verdura en el centro y, junto a ellos, en una charola ovalada, un pollo rostizado, dorado y brillante, que rezumaba relleno por un lado.

Tug se sentó en el lugar que le indicó la mujer, pero Doyle empezó a caminar por el cuarto, observando la mesa desde todos los ángulos.

—Muy elegante. ¿Damos gracias?

—Cállate, Doyle —dijo la mujer con brusquedad.

Se dirigió hacia la barra y miró el contenido de un recipiente.

—¡Natilla! —exclamó con disgusto—. ¡Qué burguesa te has vuelto!

—¡Por Dios! —la mujer golpeó la mesa con el puño y gritó—: Es sólo una maldita comida. No una posición política.

Doyle la miró con frialdad.

—Sabes perfectamente que todo tiene implicaciones políticas.

Tomó el recipiente con la natilla, caminó hasta la mesa y la volcó ahí, lenta y deliberadamente: una corriente amarilla y espesa cayó sobre el pollo y se deslizó por sus costados; la carne quedó nadando en un charco de natilla.

Tug tragó saliva con dificultad; miró a Doyle para cerciorarse de que se trataba de una broma, pero éste no sonreía.

—¿Qué pasa, Philip? —le dirigió una mirada inexpresiva—. ¿Te sorprende? Pero si sólo es el tradicional pleito que siempre tenemos en la comida del domingo.

La mujer se levantó y lo enfrentó desde el otro lado de la mesa.

—No seas idiota, estás echando a perder la comida.

—Sólo te estoy recordando cómo es en realidad la vida familiar —le replicó Doyle. Su mirada no se apartó del rostro de la mujer—. Antes de que te pongas demasiado sentimental. En mi familia, las comidas dominicales eran un infierno. Mi padre nos echaba en cara todo lo que habíamos hecho en la semana. Se ponía como loco y le daba indigestión. Corríamos con mucha suerte si el domingo nos íbamos a acostar sin recibir una paliza.

—Qué bien —repuso, sarcástica, la mujer—. De veras disfruto tus felices recuerdos infantiles, Doyle.

Estaban inclinados uno frente al otro, a ambos lados de Tug, mirándose amenazadoramente por encima de él. La mujer respiraba con rapidez; el hombre permanecía tranquilo y sereno.

—Son más felices que los de otros —murmuró él—. Mejores que cierta historia que conozco, sobre un niño que lloraba en las comidas. Incluso en las del domingo. Un niño que terminó con cinco costillas rotas y una fractura en el cráneo y...

La mujer se inclinó un poco más y lo golpeó con dureza en la boca; se había puesto pálida. Doyle entrecerró los ojos, se llevó una mano al rostro, al tiempo que deslizaba la otra, peligrosamente, hacia el bolsillo de su abrigo.

Antes de que lo pensara, Tug empezó a hablar, rápida y atropelladamente.

—Ma, tengo hambre. Y cuando hayamos comido... lo que haya... quedado... ¿podrías darme una pluma y algo de papel? Quiero escribir algunas cosas...

Por un momento sintió que ambos se volverían y lo golpearían. Pero no: lentamente, la tensión empezó a desvanecerse. La mujer aflojó los puños, rió levemente y se sentó de nuevo. Doyle miró a Tug casi con tristeza, pero cuando habló no se dirigió a él sino a la mujer.

—¿Ves? Establece un patrón de conducta y la gente lo seguirá mientras dure. ¿Cuántas veces interrumpiste los pleitos de tus padres?

—Ya siéntate, Doyle —sugirió ella mientras limpiaba el pollo—, entiendo lo que quieres decir, no soy tonta. Pero de todos modos deberíamos comer.

—Un delicioso pollo a la natilla —murmuró Doyle, al tiempo que jalaba su silla—. ¿Y qué tendremos después?

—Plátanos fritos.

—¡Ay, Ma! —exclamó Tug sin pensarlo, sorprendido ante su reacción—. No me gustan los plátanos, me dan náuseas.

—No seas tonto. Claro que sé que no te gustan, para ti hay yogurt.

Deslizó el cuchillo en la pechuga del pollo.

1:00 P.M.

—Pero debe escucharme, señor Hollins —Jinny lo tomó del brazo con desesperación—. El muchacho es exactamente igual a Liam Shakespeare, salvo por el color del cabello...

—Y tú eres la doble de la reina Victoria. Claro, si te pintamos el cabello de blanco y te engordamos un poco. No tiene caso que me agites esa fotografía en las narices. —Hizo a un lado la foto de Liam que Jinny sostenía—. Está toda rayada.

—Pero acuérdese de cuando llegaron... justo cuando Liam Shakespeare desapareció... y...

—Liam Shakespeare no desapareció —el señor Hollins aún se

portaba amablemente, pero eso no quería decir que estuviera cediendo—. Está donde todos sabemos, en su casa, con un par de terroristas armados. Ahora déjame en paz, Jinny. Vine a casa a comer y no dispongo de mucho tiempo.

Se quitó de encima la mano de la muchacha y se encaminó al comedor, dirigiéndole una mirada a Keith.

—Acompáñala a la puerta, hijo. Y ven a comer.

Jinny se quedó quieta un momento, mordiéndose un puño. Cuando se calmó lo suficiente para hablar sin que se le quebrara la voz, dijo:

—¿Qué hago, Keith?

—¿Sabes qué haría otro en tu lugar? Regresar a casa y olvidarse de todo esto.

—¿Así que tú tampoco me crees?

Con un ademán le indicó que no levantara la voz.

—No es eso. Sé que estas segura y que no te equivocas. Tú no serías capaz de inventar algo así.

—Y nadie ha visto en realidad al chico en casa de los Shakespeare —añadió ella—, sólo una sombra borrosa tras las ventanas.

Keith asintió, pero aún dudaba.

—¿Pero de qué se trata? ¿Qué caso tendría fingir que tienes un rehén cuando en realidad está en otro lado?

Jinny pensó en una respuesta. Debía haber una razón, pues tenía la certeza de que eso era lo que sucedía.

—Bueno, le hacen mucha publicidad a un sitio, ¿no? Sale en la televisión y en los diarios todos los días. ¿Pero, funciona? ¿Los terroristas obtienen lo que quieren? —Keith se mordió el labio, reflexionando.

—Cierto… Hay bastante presión. A menudo los convencen de que entreguen a los rehenes, y en ocasiones toman por asalto el lugar —sentenció con profunda concentración, mientras sus cejas se cernían pesadamente sobre los ojos—. ¿Quieres decir que de ese modo no les pueden arrebatar al chico y sí cumplir con sus amenazas? —asintió lentamente—. Podría ser. Harriet Shakespeare se mostró muy extraña en esa entrevista, ¿recuerdas? "Estarás completamente a salvo el próximo viernes. Donde quiera que estés." ¿Crees que ella ya lo sabe? ¿Que en realidad no está en su casa?

—¿Pero no es por eso que ella…? —se interrumpió. No tenía caso discutir, si lo que quería era que él estuviera de acuerdo con ella. En vez de continuar, dijo—: ¿Pero qué podemos hacer? ¿Llamar a la policía de Londres?

—No, sería inútil —Keith negó con la cabeza—. Vendrían con papá, si es que nos hacen caso. Y ya sabemos lo que les diría.

—¿Entonces? —Jinny lo miró intensamente—. No querrás que me vaya a casa y espere a que maten al chico el viernes.

Antes de que Keith le respondiera, la señora Hollins asomó la cabeza por la puerta del comedor.

—¡Keith! ¿Qué tanto chismorreas? La comida está servida.

—Es mi culpa —dijo Jinny—. Será mejor que me vaya.

—Sí, mamá. Ya voy —murmuró Keith, pero cuando ella se dirigía hacia la puerta trasera, la jaló hacia la sala—. Espera, no tan aprisa —le susurró—. Tengo una idea de cómo mandar un mensaje sobre el chico sin que intervenga la policía.

Jinny frunció el ceño cuando lo miró ponerse de rodillas y buscar entre los recortes de periódico.

—¿Te refieres a escribirle a Harriet o algo así?

—¡Claro que no! —parecía conmocionado—. Sería terrible para ella si no fuera cierto. No, pensé en su amiga. —Tomó la fotografía más grande, en donde se mostraba a Harriet Shakespeare, perturbada, apoyándose en otra mujer—. Lee eso, a ver qué piensas.

—Pero no podemos quedarnos aquí, te van a regañar y…

—De todos modos me van a regañar. Léelo.

Jinny miró el recorte. *La pena de una madre,* rezaba el enorme encabezado. El rostro de Harriet se veía hinchado y con ojeras; miraba a la mujer que estaba a su lado. A pesar del trato insensible y sensacionalista que le dieron a la foto, era conmovedora. Jinny la observó: no era posible irse a casa y olvidarse de todo. Era muy importante para Harriet. Un asunto de vida o muerte.

Leyó el pie de foto: *Una madre en agonía. Expulsada de su casa y desesperada por el destino de su hijo, Harriet Shakespeare se desploma en brazos de su amiga y vecina, Lucy Mallory.*

—¡Qué asquerosos! —comentó Jinny estremeciéndose—. Todo para que sus morbosos lectores sientan pena por ella.

—Mejor eso a que la ignoren. De todos modos, no te la enseñé para que me reproches. Piensa: amiga y vecina. Lucy Mallory debe vivir cerca de Shelley Grove.

—¿Y?

Keith se pasó una mano por el pelo, impaciente.

—Bueno, lenta, si conseguimos un mapa de Londres y un directorio telefónico, tal vez podamos saber dónde vive. No debe haber muchos Mallory por el rumbo. Todo lo que necesitamos es ir a la biblioteca de Matlock mañana.

—¡Pero eso nos llevaría todo el día! —se quejó ella—. No sé si pueda.

La puerta se abrió de pronto y el taimado rostro de Rachel apareció en el quicio.

—No quiero interrumpirlos, pero mamá está casi morada de coraje. Te va a tocar lavar todo, Keith, ya lo verás. Y te hará lavar dos veces porque de seguro no lo vas a hacer bien, de ese ánimo está. Tendrán que despedirse, lo siento.

Jinny se puso roja y empezó a caminar hacia la salida con tanta prisa que Keith no la alcanzó hasta que ya estaba fuera.

—¡Espera! Yo iré mañana a Matlock, pero no voy a hacer la llamada. Si quieres, puedes venir acá y hacerla tú. Mañana en la noche, ¿a las nueve y media?

Jinny hizo un cálculo apresurado.

—A las diez —concluyó. A esa hora tendría más posibilidades de escabullirse sin que se dieran cuenta.

Keith asintió y regresó a la casa; Jinny continuó su camino, tratando de ignorar a Rachel, que aún estaba en la puerta. Pero Rachel odiaba no decir la última palabra.

—Honestamente, Jin —gritó—. No se qué le ves a ese tonto. ¿Sabías que se corta las uñas de los pies en el baño?

—¡Mejor que tener garras como ciertas personas! —le respondió sin mirar atrás y echó a correr.

Pero sabía que nada la salvaría, por más que corriera. Al subir el sendero hacia su casa, empezó a prepararse para recibir su propio regaño. El delicioso olor de la liebre vino a su encuentro revolviéndole el estómago. ◆

Día nueve. Lunes 15 de agosto

◆ 4:00 P.M.

—Será mejor que te apresures con el ejercicio —la mujer miró su reloj—. Doyle dice que la comida es a las cuatro.

Tug movió los brazos como aspas de molino.

—¡Fabuloso! ¿Qué va a haber? ¿Gelatina con papas fritas? ¿Frijoles con manzana?

La mujer torció la boca.

—Espagueti con melaza.

—Sandwiches de sopa de tomate —Tug dejó de girar los brazos y comenzó a hacerlo en el otro sentido—, y helado de hamburguesa.

Parecía que ella continuaría con el juego, pero dejó de sonreír.

—Lo de ayer no fue broma, fue en serio.

¿Pensaba que era tonto? No pudo haber sido en broma, bastaba ver la espantosa cara de Doyle y la natilla escurriendo sobre la carne. Tug la miró con desprecio.

—No soy un niño —se sentó en el borde de la cama y empezó a formar círculos en el aire con el pie izquierdo—. Él estaba furioso porque usted hizo una comida especial. Pero ¿por qué no lo dijo? ¿Por qué tiene que ser tan... tan extravagante?

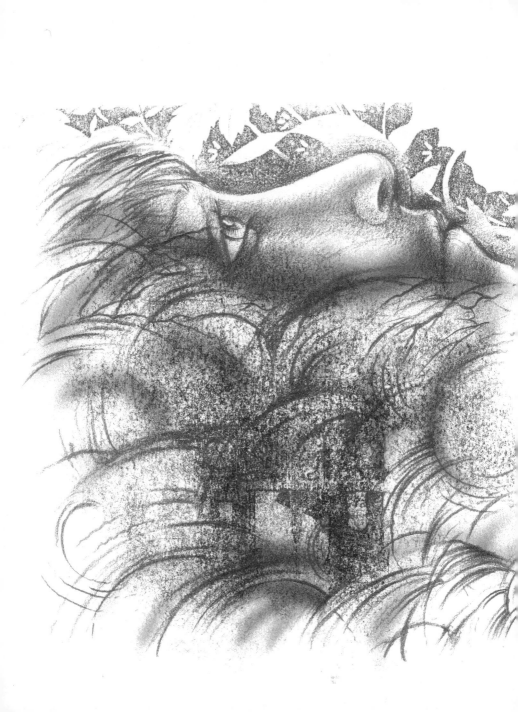

—Porque… porque ya sabes cómo es. Cree que no tiene caso decirle las cosas la gente, porque no ven más que lo que está frente a ellos. Las cosas que siempre ven. Si quieres que vean algo nuevo, tienes que hacer que·lo vean.

—¿Hacer que vean qué? —Tug estaba desconcertado. La conversación parecía no tener mucho que ver con la natilla.

—Oh… cualquier cosa. Todo el mundo… —la mujer hizo un amplio ademán con los brazos—. Mira, piensa en Doyle. Durante años odió a su padre… y creía profundamente que él mismo era malo, porque su propio padre lo odiaba. Entonces, un día, entendió y todo el mundo se abrió; fue libre. Dice que fue el momento más feliz de su vida.

Tug intentó imaginarse a Doyle feliz. Era difícil. Sin embargo, casi podía verlo reflejado en los ojos de la mujer y en su rostro resplandeciente y emocionado. Ella creía sinceramente que Doyle había tenido ese momento de felicidad.

—¿Qué fue lo que entendió?

—Que no era culpa suya ni de su padre. Que no es natural que el ser humano se agrupe en familias durante tantos años. Hay celos, exigencias y presiones… la tensión es demasiada. Eso fue lo que me sucedió a mí. Por eso…

Se interrumpió bruscamente, pero no se quedó callada. Llevada por la corriente de sus emociones, simplemente cambió el curso; excitada, golpeando su puño contra el costado de la silla, trataba de hacerlo entender.

—Los animales no forman familias duraderas, ¿o sí? Las personas tampoco necesitan hacerlo. Pero nos lo imponen los grandes capitalistas y el gobierno, porque si tienes una familia, tienes algo que perder. Las personas dejan de combatir al capitalismo y a la represión. ¡Eso es lo que tenemos que hacerle ver a la gente!

Con una mano hacía ademanes para recalcar sus palabras. Ahora se había puesto de pie y recorría, el cuarto incansablemente, meciendo su arma por la culata.

—Tenemos que rasgar el velo que los ciega. ¡Mostrarles la luz!

Tenía un aire de gloria —como si fuera un vikingo—: parada en el centro de la habitación, alta, delgada y feroz. Debía haber habido un griterío, espadas que hendían el aire, hogueras gigantescas chisporroteando. Tug sintió deseos de unirse a ella, pararse de un salto y dejarse arrastrar por la marea, hacia un mundo heroico y superior.

Pero, por el contrario, retrocedió, repelido y casi atemorizado por el salvajismo incontrolable en la emoción de la mujer. En su mente escuchó otra voz, familiar e irónica, pero igual de feroz, a su manera, que la exterior: "Si un orador te emociona, desconfía de él. Y si se emociona, desconfía cien veces más". Era la voz de Hank. Toda su naturaleza respondió a la advertencia. Sí, eso era lo que sentía; era una persona cautelosa, no un héroe, y Hank hablaba por él.

Claro que sí.

Por eso la mantenía en su mente.

Los pensamientos fueron surgiendo lenta y fríamente en su cerebro, paralizando todos sus sentidos. Ya no escuchó lo que la mujer dijo después, ni miró su rostro. Un solo pensamiento inundó su mente:

Hank era alguien que él había inventado.

Harriet Shakespeare era alguien real, seguro. La había visto en la televisión. Pero la Hank que estaba en su mente, la que lo calmaba, lo animaba y le hacía actuar razonablemente era sólo la madre ideal que uno inventa si su verdadera madre es muy fuerte, apasionada, abrumadora. Como mamá, cuando intenta eliminar tu lado cauteloso. Harriet Shakespeare era real, pero quizá Hank sólo era una parte de él mismo a la que le dio el rostro de alguien famoso. Tal vez era como las personas que creen que son Napoleón o que están enamoradas de la reina. El loco de Philip Doyle.

—Tug, ¿estás bien?

La voz de la mujer le llegó flotando a través de una densa confusión, abriéndose camino hasta llegar a su conciencia. Ella estaba sentada junto a él en la cama, tomándolo por los hombros. Se veía casi atemorizada.

—¿Qué pasa? —se sentía débil y tembloroso, como si acabara de tener una gran impresión. Por el momento no podía hablar. Ella lo sacudió por los hombros.

—Espera, no te derrumbes ahora. Pasado mañana todo habrá terminado.

Pero él no escuchó sus palabras, no podía entenderlas.

¿Mañana? ¿Martes? ¿Qué tenía eso que ver? La cara de la mujer apareció enorme, fuerte y preocupada; él luchaba contra la resequedad de su garganta, tratando de formular la pregunta sin saber cuál sería.

—Ma...

Mientras continuaba en busca de la pregunta apropiada, el sonido de una llave en la cerradura los sobresaltó. Al instante apareció Doyle en el quicio, con una charola en las manos, y los observó.

—¡Qué escena tan conmovedora! —exclamó burlón—. La madre cuidando a su hijo.

La mujer soltó los hombros de Tug en cuanto se abrió la puerta. Ahora se hallaba de pie, con las manos en los bolsillos de sus pantalones vaqueros.

—No seas estúpido, sólo platicábamos.

—Yo creo —murmuró Doyle— que ya se te olvidó lo que supuestamente vinimos a hacer.

—No digas tonterías.

—Entonces ¿por qué... —su voz no tenía inflexiones y resultaba desagradable— dejaste la Kalashnikov en la cama, al alcance de Philip?

Tenía razón. El arma estaba sobre las cobijas, donde la había dejado mientras hablaban. Tug ni siquiera se había dado cuenta. Ella se precipitó a recogerla.

—No pasó nada.

—Sabes perfectamente que es muy peligroso —dijo él con frialdad.

—Sólo trataba de ser amable...

—No. Eres una sentimental.

Se miraron fijamente a los ojos, enfrentándose; después la mujer bajó la mirada, atravesó velozmente el cuarto, pasando junto a Doyle y bajó corriendo las escaleras.

—Ten —ordenó Doyle—. Come algo.

Le pasó la charola. Contenía comida completamente ordinaria:

una hamburguesa, puré de papas y chícharos, acompañados de una taza de té y una manzana.

—Gracias.

—Gracias… ¿qué?

—¡Oh! Gracias, Doyle. —Se sentó en la cama, colocó la charola sobre sus piernas y empezó con la hamburguesa; pero sus manos temblaban tanto que apenas podía mantener la comida en sus recipientes.

9:50 P.M.

Jinny saltó de la cama, se puso una playera y sus pantalones de mezclilla, y se quedó quieta en la oscuridad, escuchando.

Del otro cuarto le llegaban los ronquidos de Oz: siempre dormía boca arriba, con los brazos abiertos, haciendo tal ruido que ahogaba el sonido de la respiración de Louise; el suficiente para que no se escucharan los pasos de Jinny al salir de su cuarto y atravesar el rellano. El bueno de Oz.

No se oían voces provenientes del cuarto de Bella y Joe. Normalmente, a esta hora platicaban acostados en la cama. "Ya están dormidos", pensó Jinny. Mejor que mejor. Con mucha lentitud comenzó a descender las escaleras, escalón por escalón, haciendo gestos cada vez que crujía la madera bajo sus pies y mirando atrás a cada momento.

Se hallaba tan ocupada pensando en las personas que estaban en el piso de arriba, que no se dio cuenta de la figura que se encontraba parada en el quicio de la puerta de la cocina. Hasta que escuchó la voz de Bella.

—¡Jinny!

—¡Mamá! ¡Todavía estás levantada! —Jinny se detuvo, pensando desesperadamente en una excusa. Después terminó de bajar las escaleras—. Mira, mamá. Tengo que salir, de veras. No es más que media hora, por favor, déjame.

—Te escabulles misteriosamente —le reclamó Bella en medio de la oscuridad—, ¿y no me vas a decir por qué?

—Sería muy largo de contar, en serio. —Si se ponía a explicarle, Keith ya se habría marchado cuando ella llegara a la cabina telefónica—. Pero si lo supieras, no me detendrías, dirías que está bien. Te lo aseguro.

—Ya veo —Bella vaciló—. ¿Y papá?

Jinny no podía mentir, dejó caer la cabeza a un lado.

—Bueno... Tienes razón, no me dejaría. Porque... porque quiero ayudar a alguien que no es de la familia. Diría que soy curiosa y entrometida. —"Listo", pensó, "ya estuvo". Deseaba poder ver bien el rostro de Bella, pero estaba muy oscuro y sólo podía adivinar el contorno de su cabeza. De pronto, su madre asintió.

—Está bien. Espero que no hagas una tontería. Debes hacer lo que creas que está bien, incluso si Joe y yo no estamos de acuerdo contigo —Bella se hizo a un lado—. Cuídate y regresa pronto. No dormiré hasta que regreses.

—¿Y le dirás a papá?

—Nunca dije eso —se escuchó una risita ahogada—. Esperemos que esté dormido.

—Gracias, mamá —Jinny se le acercó y le dio un beso en la mejilla; salió y atravesó el patio, hablándole bajito a Ferry para que la reconociera.

Mientras recorría el sendero que daba al camino, tuvo la extraña sensación de representar un papel que ya había actuado antes, pero no pudo identificarlo hasta que llegó al camino y siguió hacia la derecha, rumbo al pueblo.

"La vez pasada fue hacia la izquierda."

Entonces se acordó. La última vez que se había deslizado en medio de la noche fue cuando llegaron los Doyle; la noche que terminó con un misterio y con una muerte. Casi podía sentir la tibieza de la liebre y el peso de su cuerpo al balancearse, cuando la llevaba a casa tomada por las orejas. Se estremeció.

Corrió rumbo al pueblo, sin hacer caso del sonido de pasos que se oía al lado del camino. Sus viejas sandalias casi flotaban sobre el pavimento. Había luces encendidas tras las cortinas corridas de las ventanas del pueblo, acogedoras bajo la oscura y fría sombra del Límite. Por enésima ocasión, Jinny se preguntó cómo sería vivir en una familia que se sentaba por las tardes a ver televisión; que jugaba, escuchaba música y hablaba por teléfono sin sentirse culpable por el gasto de electricidad.

Keith estaba junto a la cabina telefónica. Jinny lo vio bajar la cabeza y mirar su reloj; al llegar le dijo suavemente:

—Discúlpame por llegar tarde, me descubrieron.

—¿Descubrieron? —preguntó él, desconcertado—. ¿Quieres decir que no les dijiste que saldrías a caminar?

Ella lo tomó a broma, pero estaba furiosa consigo misma por delatarse.

—No se te olvide que es medianoche para un Slattery. Bueno, hagámoslo antes de que me quede dormida. ¿Tienes el número?

—Digamos que sí —se apretaron dentro de la cabina y Keith colocó una hoja de papel sobre la repisa.

Aquí está. Pero me temo que hay dos Mallory cerca. Deberás intentar ambos. Tengo mucho cambio. Pasé al banco en Matlock.

Dejó caer sobre la repisa una bolsita de banco llena de monedas, y Jinny se le quedó mirando, momentáneamente distraída.

—Son muchas libras.

—Sólo cinco. Sería una lástima que nos quedáramos sin cambio en el momento crucial.

"Sólo cinco." Jinny se acordó de Bella y del azúcar. ¿Qué diría Keith si supiera cómo eran realmente los Slattery?

—Anda. Si lo vas a hacer, será mejor que te apresures.

Levantó el aparato y marcó el primer número con sumo cuidado. Afuera, en la oscuridad, vio abrirse la puerta de la oficina de Correos y asomarse la cabeza de la señora Hollins. "Entrometida." Jinny le sonrió amablemente, concentrándose en el tono de llamada al otro extremo de la línea.

—¿Sí? —contestó un hombre; su voz sonaba enérgica y educada, Jinny se quedó paralizada hasta que Keith la pellizcó y dejó escapar las primeras palabras.

—¿Señor Mallory?

—El mismo.

—¿Podría… quiero decir… por favor, ¿le puede dar un mensaje a Harriet Shakespeare?

—No —el hombre se puso furioso—. Por última vez, ¡Harriet Shakespeare no vive aquí! Buenas noches.

Colgó con brusquedad y Jinny se volvió hacia Keith, temblando.

—Fue horrible. ¿Por qué tienen que ser tan groseros?

Keith sonrió. Estaba lo suficientemente cerca para oír todo.

—Me da la impresión de que no somos los últimos a los que se les ocurrió esto de los Mallory —arrebató el auricular, esperó el tono y marcó el segundo número—. ¿Lo vas a hacer?

—Sí —tomó el aparato y Keith acercó su oído de nuevo; no deseaba perderse nada. El teléfono sonó varias veces, y cuando al fin contestaron, Jinny se sobresaltó.

—¿A qué número desea hablar?

—¿Cómo? —miró estúpidamente el teléfono.

—Está hablando a la central —le respondieron—. ¿A qué número desea hablar?

Keith le señaló con el dedo el número y Jinny lo leyó en voz alta.

—¿Y con quién desea hablar?

—Con Lucy Mallory.

—¿Su nombre, por favor?

—Imogen Slattery.

—¿De qué número llama?

—Este... —miró el número en el aparato—. Ashdale 623X.

—Un momento, por favor. No cuelgue.

El teléfono comenzó a sonar y Jinny tapó la bocina.

—¿Qué pasa?

—Debieron pasar todas las llamadas a la central —le respondió Keith en un susurro—. Para deshacerse de los latosos y registrar las llamadas. —Puso dos monedas más en la alcancía.

Después se oyó otra voz. Esta vez de mujer.

—Habla Lucy Mallory.

Jinny respiró profundamente y sintió cómo le saltaba el corazón.

—Por favor... quiero dejarle un mensaje para Harriet Shakespeare.

Al instante, la voz de la mujer se tornó fría.

—¿Quién habla?

—Por favor —dijo Jinny, desesperada—. No soy una bromista. Es sobre Liam. Quiero decirle...

—Espere un momento —no parecía más amigable y la espera fue larga. Oyó que decía: "Pero, Harry, no deberías..." Después debió cubrir el auricular pues ya no se escuchó nada hasta que, de pronto, habló otra voz.

—¿Bueno?

Sonaba más profunda y muy clara. Ya la había escuchado con anterioridad, una y otra vez, en la sala de la casa de Keith. Jinny tragó con dificultad.

—¿Usted... usted es Harriet Shakespeare?

—Sí.

—Mire... —parecía que no había forma de desembrollar el asunto. De todos modos las palabras salieron atropelladamente—. Sé dónde se encuentra Liam.

En el otro extremo de la línea la voz vaciló y cuando habló lo hizo con dureza.

—Todos sabemos dónde está.

—Pero no está ahí —farfulló Jinny, tratando de decirlo todo antes de que le colgara—. No está en su casa. Está en mi pueblo, lo tienen prisionero. Lo he visto, sólo que ahora tiene el pelo negro y...

—¡Escucha! —Harriet la interrumpió con tanta violencia que la muchacha pudo imaginarse la mueca de furia—. Contigo ya van catorce personas que deducen que estoy con Lucy, y me llaman para contarme historias sobre Liam. Tal vez eso les emociona, pero si de veras supieran algo habrían acudido a la policía.

—¡No me creyeron! —gritó Jinny—. Ya se lo dije a la policía, pero creen que Liam está en su casa, así no tiene caso insistirles.

Hubo un momento de silencio. Después Harriet dijo, con más suavidad y un tanto desconcertada:

—Entonces, ¿por qué sí tiene caso llamarme a mí?

—Bueno... vimos la última entrevista. Parecía tan... es decir, creímos que... que usted sabía algo...

—¿Sí?

Jinny pensó un momento lo que quería decir y después lo soltó apresuradamente.

—Creímos que no se habría comportado como lo hizo en esa entrevista si no supiera algo que le ocultaban al público. Pensamos que tal vez habría adivinado que lo que decían los terroristas era mentira y que en realidad...

—¿Sí? —preguntó Harriet. Esta vez su voz sonó muy queda. No enfadada, sino calma y tensa—. ¿Qué es lo que oculto a la gente?

—Que sólo están fingiendo que tienen a Liam en su casa. Que en realidad está en otro lado.

—Ah —fue un largo suspiro que Jinny podía jurar era casi de alivio. Pero después sonó enojada—. Estás completamente equivocada. ¿Por qué no te olvidas de todo y dejas de imaginarte cosas de mí?

Se oyó un clic y después el tono de marcar. Con mucho cuidado, Jinny puso la bocina en su lugar.

—Bueno —dijo con voz aguda y quebradiza—, estábamos equivocados. No sabía nada y no entendió. Fue horrible.

Keith le palmeó la espalda como ausente. No la estaba mirando. Observaba la gran extensión oscura del Límite que se alzaba encima del valle.

—No creo que estemos mal —apuntó con lentitud—. Nos equivocamos respecto a lo que ella sabía, te lo aseguro. Pero no le gustó la idea de que supiéramos que escondía algo, ¿o sí? Me pregunto qué…

Continuó mirando a través del vidrio y pasando el dedo por la superficie hasta que la señora Hollins salió y golpeó en el cristal. ◆

Día diez. Martes 16 de agosto

◆ 2:55 A.M.

—¡Tug!

El susurro le hizo moverse sin despertarse. Se dio vuelta y hundió un brazo bajo la almohada.

—¡Tug!

Esta vez el susurro fue más alto y vino acompañado de una sacudida en el hombro que lo despertó. Abrió los ojos en la oscuridad y durante un terrorífico momento se sintió por completo a la deriva, sin saber qué sucedía, quién era o dónde estaba. Todo era oscuridad.

De pronto, bajo la almohada, su mano tocó algo, las hojas en las que había escrito lo que sabía sobre sí mismo. El tacto del papel lo regresó al ático, a la confusión que hacía que unas cuantas palabras escritas se convirtieran en un cabo de salvamento.

Levantó la cabeza.

—Tug.

—¿Ma? ¿Qué pasa? ¿Qué hora es?

Ella se le acercó hasta casi pegar la boca a su oreja.

—Shh. No despiertes a Doyle. Creo que te gustaría oír esto.

Ella le traía algo, pero no supo qué era hasta que dijo:

—Vamos, despierta. Ya va a empezar el siguiente noticiero.

Claro. Se trataba del radio que escuchaban cuando hacían guardia. Pero la mujer no le ofreció el audífono, sino que encendió el aparato, tan bajo que al principio Tug no pudo distinguir nada, sólo un leve crujido y un zumbido. Se sentó y levantó el radio, acercándoselo al oído. Las primeras palabras lo tomaron por sorpresa.

—Buenos días.

La voz sonaba suave, pero tan animada y clara como si fuera pleno día. El locutor continuó con las noticias y Tug dejó de pensar en la calidad del sonido para prestar atención al informe.

—Ha sucedido algo extraordinario en el caso Shakespeare. Justo antes de la medianoche, una unidad especial de la policía irrumpió en la casa de Shelley Grove y capturó a los terroristas que se hallaban dentro, sin que haya habido pérdidas humanas. Sin embargo, no había rastro de Liam Shakespeare, a quien supuestamente los terroristas tenían de rehén.

Tug hizo un extraño ruidito con la garganta y la mujer le estrechó la mano. La voz del locutor prosiguió:

—En el grupo de terroristas se encontraba un joven de unos quince años con el pelo teñido. Se piensa que lo utilizaron hábilmente para hacerlo pasar por el rehén y respaldar así sus demandas. Por el momento no se tiene más información al respecto, pero es de esperarse que la policía ya esté interrogando a los detenidos.

—¡Pobres diablos! —susurró la mujer. Apagó el radio y se quedó sentada junto a él, mientras Tug pensaba qué decir.

—¿Qué significa? —preguntó, sintiéndose estúpido.

La mujer se aclaró un poco la garganta y Tug se la imaginó sonriendo en la oscuridad.

—Significa que empiezan a darse cuenta de que el grupo Gente Libre no es sólo un montón de coloca-bombas sin cerebro.

—Pero, ¿y yo?

Ella le apretó de nuevo la mano.

—Tú estás bien. Estás de vacaciones con tu familia. Harriet Shakespeare no puede... —se interrumpió.

Tug le sacudió la mano.

—¿Qué? ¿Qué ibas a decir?

Pero ella no dijo más, lo empujó con suavidad hasta que quedó acostado, y se levantó, cirniéndose sobre él como la sombra de una pesadilla.

—Escúchame. Ya no pienses en Harriet Shakespeare; está a doscientos kilómetros de aquí, en un mundo distinto. Todo lo que tenemos que hacer es esperar a que termine el día.

Hoy, martes.

—¿No me va a decir...?

—No. Y ya cállate o Doyle se va a despertar.

—Pero no puede...

—Cállate.

Había algo en el tono de su voz que le recordaba a Tug que era ella quien lo había golpeado en la cara. Se volvió, pensando que sería imposible dormir de nuevo. Tenía la cabeza atestada de preguntas: sobre Gente Libre y el sitio, sobre Harriet Shakespeare, sobre lo que sucedería ese día. De qué forma podría...

Las preguntas se unían, se separaban, se retorcían para formar un revoltijo fantástico. Finalmente, se deslizaron hasta su mente adormilada y comenzó a soñar, aterradoramente, que abría una infinita hilera de cajas. Algunas eran hermosas, delicadamente laqueadas o con relieves intrincados; otras eran de tosco cartón, con código impreso. Pero dentro de cada caja había otra y otra y otra más… El sueño avanzaba y era cada vez más desesperante, pues sabía que tenía que abrir la última caja antes de que terminara el día. Sin embargo, había dos cosas que dificultaban su cometido: Hank, que estaba a su lado, jalándolo de la manga para que se detuviera; y la certeza, inexplicable y extraña, como todo lo que se sabe en un sueño, de que en la última caja hallaría algo que le provocaría la muerte.

Cuando despertó, cansado y sudoroso, el corazón le latía alocadamente, como si hubiera estado corriendo. Ya era de mañana. La manta que cubría el tragaluz estaba corrida y el cuarto inundado de luz. Parpadeando por la brillante luz que le daba en la cara, Tug logró salir por fin de los horrores de la oscuridad.

Todo lo sucedido la noche anterior era tan confuso que ya no sabía si realmente había despertado y escuchado la queda voz de la mujer y del locutor. Parecía parte de su sueño, tan irreal como las horrendas cajas. ¿Era cierto que habían tomado por asalto la casa de Shelley Grove? ¿Que Liam Shakespeare no estaba ahí? Quizá, después de todo, él era Liam. Pero…

Pero también podría ser Lord Lucan.

O la tripulación del María Celeste.

O cualquier otra persona que hubiera desaparecido misteriosamente. Lo que en verdad sentía era que Liam Shakespeare se había
evaporado. Borrado. Que él, Tug, estaba desnudo y desprotegido,
sin nada que demostrara quién era. Con excepción del pequeño
manojo de papeles que descansaba bajo su almohada.

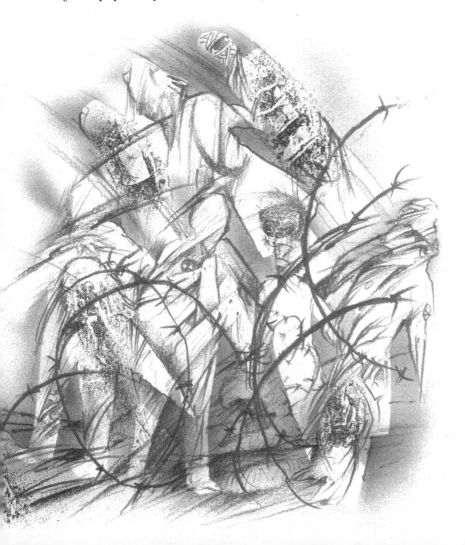

6:45 A.M.

A Jinny le dolía la cabeza y sentía los párpados pesados y doloridos, como si la hubieran golpeado. "No dormí ni pizca." Había escuchado a la gente decirlo con frecuencia, incluso ella lo había dicho, pero nunca, hasta entonces, había sabido realmente lo que significaba.

Había pasado hora tras hora acostada en la cama tibia, mirando por la hendidura de la cortina un trozo de cielo y cómo se desvanecían las estrellas a medida que éste se tornaba gris y más tarde rosa; escuchando una y otra vez, todo el tiempo, esa desastrosa, vergonzante conversación por teléfono.

"Me imagino que eso les emociona... deja de imaginarte cosas de mí." Apoyó la cabeza en el costado de Florence y emitió un quejido. La vieja vaca se volvió y empezó a lamerle el hombro con su enorme y húmeda lengua, hasta que su blusa quedó empapada, pero no se sintió mejor. Esto no logró hacerle olvidar que había hecho el ridículo y preocupado a Harriet, como si no tuviera ya suficientes problemas; tampoco olvidaba que ya no había forma de convencer a nadie de que tenía razón sobre el chico. No dudó ni un momento que estaba en lo cierto. Desde la primera vez que vio a la mujer-liebre en la oficina de Correos, con la mirada brillante mientras decía mentira tras mentira, supo que había algo raro en ella. Y desde que se dio cuenta a quién le recordaba el muchacho Doyle, creyó saber qué era lo que estaba mal; pero ya había desperdiciado todas sus oportunidades.

Se quejó de nuevo, cerró los ojos mientras apretaba y soltaba las ubres de la vaca; se preguntaba por qué sería tan difícil ordeñar a Florence esa mañana. Y el animal agachó la cabeza y meneó la cola, inquieta porque la niña estaba muy tensa.

Mientras levantaba el cubo lleno de leche y tomaba otro, Jinny oyó el ruido de un auto que se acercaba por el camino en dirección a la granja. Normalmente se habría preguntado de quién se trataba. Era muy raro que pasaran coches por ese camino, y más aún a las siete de la mañana. Cualquiera que pasara a esa hora debía tener más tiempo que sentido común, pues hoy era martes. Y todo el pueblo sabía que los Slattery levantarían la cosecha ese día. El lugar estaría hecho un tumulto y una confusión hasta que todos se encontraran en los campos y Joe estuviera seguro de que todos los vecinos habían venido a ayudar.

Pero Jinny simplemente no tenía fuerzas para investigar acerca del coche. Si dejaba de ordeñar a Florence, nunca volvería a empezar. Así que mantuvo cerrados los ojos, tarareando una tonadita para ayudar a que la leche de Florence fluyera más rápidamente, y se puso a escuchar las voces que se oían en el patio.

—¿Todavía ordeñando? —le preguntó Joe. Apareció repentinamente en la puerta del establo, con el rostro pálido y largo y una mirada de desaprobación.

—No es mi culpa, empecé a tiempo pero no puedo...

—Oh, no importa. —Hizo un gesto como restándole importancia a sus excusas—. Tienes visita.

Así que por eso estaba de tan mal humor. Jinny supuso que era Keith y miró en torno, lista para reprenderlo por ser tan inoportuno.

Sólo que no era Keith, sino una mujer con lentes oscuros y el cuello de su corto abrigo levantado, a manera de protección contra la niebla matutina. Despidió a Joe con un leve movimiento de cabeza; éste regresó a zancadas a su trabajo con los cerdos. La mujer entró al establo y se recargó en la pared, mirando a Jinny.

Ésta aún no se daba cuenta de la situación. Pensó que se trataba de alguna inspectora. Le dirigió una sonrisa amable y mecánica y volvió a su labor, esperando oír una explicación.

—Te pido disculpas por portarme contigo como lo hice anoche —empezó la mujer.

Jinny se sorprendió tanto que por poco vuelca el cubo de leche. Esa voz, profunda y clara, era inconfundible.

—Usted es…

—No, no te detengas —Harriet Shakespeare agitó una mano—. Creo que debes terminar eso antes de cualquier otra cosa.

Se quitó los anteojos y se acomodó el cuello. Su rostro mofletudo estaba muy pálido y sus ojos se veían tan mal como Jinny se sentía. Ella lo sabía. Mientras pasaba una mano por su pelo corto, hizo una mueca.

—Debo parecer una muerta. Es que he estado despierta toda la noche. Ya te lo has de imaginar, fui a la central a conseguir tu nombre y número en cuanto supe la noticia. Pero me llevó hora y media averiguar de dónde habías llamado. Y desde entonces he estado manejando casi todo el tiempo. Tuve que despertar a la muchacha de la oficina de Correos y pedirle que me dijera dónde vivías y… aquí estoy, casi muerta, pero me urgía verte antes de que la policía pensara lo mismo, o de que acudieras a ellos de nuevo.

Se golpeó los dientes con el armazón de sus gafas y observó a Jinny con sus agudos ojos azul pálido. Era extraño, pero parecía demasiado tangible, demasiado nítida; más real que cualquier otra persona, pues su rostro le era conocido, aunque fuera una extraña. Totalmente incomprensible.

—Lo siento —dijo Jinny—. Pero no entiendo. ¿Cambió de opinión?

—¿No te enteraste? —levantó las cejas con impaciencia—. ¿No escuchaste las noticias?

Jinny se puso de pie y levantó uno de los cubos. De inmediato, Harriet tomó el otro y la siguió al exterior, sin dejar de hablar.

—Mira... Es difícil de explicar cuando una está destrozada: anoche pensé que eras una sádica que quería ensañarse conmigo. O una bromista. Yo creía saber dónde estaba Liam. Pero anoche me di cuenta de que estaba equivocada.

Siguiendo el ejemplo de Jinny, sumergió el cubo en el abrevadero; después se agachó, hundió las manos en el agua fría y se mojó la cara.

—¡Así está mejor! ¡Maldición! Si al menos me pudiera mantener despierta —tomó a Jinny por la muñeca—. Te busqué porque eres la única que me dijo que Liam no estaba en la casa. Eres mi única esperanza. ¿Dónde está? ¿Cómo podré rescatarlo?

Le apretó la muñeca, doblándosela dolorosamente. En ese momento se dio cuenta de que había pasado tantas horas pensando en una lastimera y desconsolada Harriet Shakespeare que la aparición de esta mujer, dura y pequeña, la había tomado por sorpresa, enfadándola casi. Pero estaba tan desesperada y desconsolada como lo había imaginado. No despertaba compasión, pero sí estaba al borde del pánico.

"Al menos puedo enfrentarme a eso", pensó Jinny. "La especialidad de Imogen Slattery: calmar a las personas." Respiró profundamente y empezó a hablar con lentitud.

—Mire, si quiere puedo mostrarle dónde está, pero no tiene caso. No puede llegar, llamar a la puerta y preguntar por él. Necesitamos tomarlo con calma, hablar un poco sobre lo que se podría hacer.

Sintió que le apretaba más la muñeca.

—¿No entiendes? Ya casi no queda tiempo. No podemos sentarnos a parlotear.

—Pero pensé que teníamos hasta el viernes —dijo Jinny, desconcertada—. Los diarios dicen que el plazo vence el viernes.

—No, no es cierto. El verdadero plazo vence hoy a las dos de la tarde.

"Bueno", pensó Jinny, "punto a tu favor, Keith. Sí tenía un secreto." Pero entonces casi le entró pánico a ella también: siete horas. Sólo siete horas. ¿Y si después de todo no era cierto? Tragó con dificultad.

—¿Qué... qué nos sucederá a las dos? ¿Cuál es el rescate? No creo que el gobierno haya cedido en lo de los internados.

—No. Es decir... —Harriet dudó un momento. Se detuvo y sacudió la cabeza, como si quisiera aclarar las ideas. Esto pareció calmarla un poco y su voz se hizo ligeramente más grave—. Mira, de aquí hasta las dos de la tarde lo único que me importa es llevarme a Liam. Por favor, busquemos un lugar en donde podamos sentarnos a planear algo.

—Déjeme sacar a la vaca —murmuró la muchacha. Deseaba ganar algo de tiempo para pensar. Liberó su muñeca y regresó al establo con la mente completamente en blanco.

En ese momento, como de milagro, entre las dos construcciones distinguió la silueta familiar y tranquilizadora de Keith, que subía al trote por el sendero. Se había vestido a toda prisa y venía despeinado. Jinny lo saludó agitando las manos desesperadamente.

—¡Keith!

Él se precipitó hacia el patio, saltó por encima de un pato y casi cayó de bruces.

—¡Jinny! Rachel me contó algo muy raro...

Entonces vio a la persona parada junto al abrevadero y su voz se desvaneció, dando lugar a una sonrisa de disculpa.

—¡Ah! —exclamó por lo bajo—. Así que Rachel tenía razón, pensé que se estaba burlando de mí.

Jinny se volvió hacia Harriet.

—Mi amigo, Keith Hollins. Es hermano de la muchacha con la que habló en la oficina de Correos —con Keith apoyándola se sentía más confiada y segura y tomó a ambos de la mano—. Vayamos adentro. De seguro habrá algo para desayunar y podremos hacer planes al mismo tiempo.

Los condujo hacia la cocina, con la certeza de que Bella les daría la bienvenida y de que echaría dos o tres lonchas de tocino más en la sartén.

Pero sólo cuando que abrió la puerta de la cocina recordó qué día era y qué se suponía que deberían estar haciendo todos.

7:15 A.M.

Con mucho cuidado, sin voltear a los lados, Tug pinchó la yema del huevo con el tenedor, tomó un trozo de pan tostado y lo sumergió en ésta, dándole vuelta hasta que quedó completamente amarillo. Lo hizo con mucho cuidado y concentración.

"Vaya", se preguntó cuando masticaba el pan, "¿lo hago siempre así?" Deliberadamente, se puso a darle vueltas a la pregunta, procurando no distraerse. Sí, quizá sí. Le gustaba comer metódica y ordenadamente, sin dejar restos en su plato. La comida era parte de la importante tarea de entrenar su cuerpo y mantenerlo en forma. No obstante, aún no podía estar completamente seguro de que siempre había hecho lo mismo con el pan; no lo suficiente como para escribirlo en su preciada lista.

Sin dejar de mirar lo que hacía, comenzó a cortar meticulosamente otro pedazo de pan, forzándose a no pensar en nada más.

En realidad, eso era imposible. Todo el tiempo, hiciera lo que hiciera, tenía conciencia de Doyle y la mujer. Estaban sentados a ambos lados de él, en los extremos de la mesa, cada uno con una taza de café y una rebanada de pan tostado a medio comer. Doyle estaba inclinado sobre el periódico del día anterior, fingiendo resolver el crucigrama. Le gustaba hacerlo en la mañana, antes de revisar los diarios del día. Pero ahora sólo rayaba el margen, sin escribir nada en los cuadritos en blanco. La mujer miraba por la ventana, jugueteando con el dobladillo del mantel. Estaban nerviosos y alerta. Sus armas descansaban sobre la mesa, fuera del alcance de Tug; de ambos se desprendía una sensación de expectante tensión.

De vez en cuando, Tug abría los ojos y veía a Doyle frente a la puerta; las cosas se desarrollaban de manera distinta esa mañana. Doyle le había ordenado a gritos que saliera de la cama, interrumpiendo con impaciencia sus ejercicios para que bajara a desayunar. Normalmente, comían ya tarde y Tug permanecía en el ático. Pero ahora, era como si Doyle y la mujer necesitaran estar juntos, a pesar de que no hablaran. Ese día era diferente a cualquier otro de su cautiverio: Tug se sentía asustado.

Quizá por ello introdujo el otro pedazo de pan en la yema y le dio vueltas cuidadosamente, concentrándose en dejarlo completamente amarillo.

—Si no dejas de jugar con la comida, te la voy a quitar —lo amenazó Doyle—. Estoy harto de vigilarte.

—Perdón —Tug se metió el pan a la boca y comenzó a comer más aprisa.

Pero parecía que hubiera prendido una mecha. Doyle paseaba su mirada del muchacho a la mujer y de nuevo hacia Tug; su rostro se desfiguró con una mueca de desprecio.

—¡Qué manera de desperdiciar el día! Mirando a un chiquillo jugar con el pan. ¿Qué tipo de vida es ésta?

—Doyle… —empezó a decir la mujer.

—¡Cállate! —Se volvió hacia Tug y sus ojos se encontraron—. ¿De veras estás a gusto metiéndote comida en la boca? Supón que éste es el último día de tu vida. ¿Qué te gustaría hacer?

—¡Doyle! —la mujer lo miró y puso una mano sobre el brazo de Tug—. No habla en serio. Es algo que todos nos preguntamos… que siempre hacemos cuando…

—Tranquila —Doyle no levantó la voz, pero la hizo callar. Ni siquiera la había volteado a ver. Miraba a Tug fijamente, casi sin parpadear—. Vamos, si de veras no sabes qué quieres hacer el último día de tu vida, entonces no sabes lo que es importante para ti. Lo que realmente importa cuando tus padres dejan de presionarte y nadie te ve, cuando estás solo. Cuando no tienes nada que temer, cuando no hay nadie a quien tengas que complacer. —Pese a que su voz era casi inaudible, respiraba con dificultad y sus ojos destellaban como si tendieran una trampa a Tug—. Sólo la gente libre conoce la respuesta.

"¿Qué quiso decir: gente libre o Gente Libre?" Tug lo miró.

—Vamos —lo apremió Doyle.

De pronto, la mujer se irguió en su asiento y dijo:

—Ambos lo hicimos en una ocasión, como prueba. Nos pusieron un arma enfrente y pensamos en lo último que nos gustaría hacer. Yo dije que iría al campo y me echaría sobre la hierba; observaría la puesta de sol hasta que oscureciera por completo. Pero no, no era suficiente. No era eso lo que en verdad querría el último día de mi vida.

Doyle la miró, conteniéndose.

—Desde luego que no. Sólo una idiota sentimental de clase media tendría una idea semejante. ¡Una puesta de sol!

—¿Y usted? —preguntó Tug. En realidad no entendía la conversación, pero sabía que era un ataque contra la mujer, y al atacar a Doyle estaba defendiéndola... y retrasando el momento en que tuviese que responder a la misma pregunta—. ¿Qué haría?

Doyle hizo una mueca parecida a una sonrisa.

—Dije que reuniría todo lo relacionado con mi padre: fotografías, ropa, libros, documentos, su colección de estampillas. Haría una gran hoguera con ello y me quedaría mirando el fuego hasta que no quedara rastro de él sobre la faz de la tierra.

—¿Y? —preguntó la mujer en voz baja—. ¿Fue eso suficiente?

Por un momento su mirada permaneció distante, perdida en el recuerdo de algo agradable. Después Doyle regresó a donde estaban y sacudió la cabeza.

—No. Era bastante bueno, pero no lo suficientemente bueno.

—¿Lo ves? —la mujer se dirigió a Tug—. No es fácil saber qué quieres; para saberlo, necesitas primero saber quién eres, quién eres en realidad. ¿Cuántas personas pueden estar seguras de sí mismas cuando todo lo que han hecho es servir y complacer a otras personas?

Se ven forzadas a hacer trabajos que no les agradan; se entrenan rigurosamente para cumplir con las miles de pequeñas reglas que cada familia les dicta.

—Tú crees que eres Liam Shakespeare —dijo Doyle con suavidad—. Nosotros decimos que eres Philip Doyle. Sin ninguno de estos nombres estás perdido. No sabes cómo ser una persona sin que haya una familia que te apoye. Y no puedes contestarme, ¿o sí? ¡No sabes quién eres!

Ambos lo miraban, vehementes. "Miradas de locos", pensó Tug. "Preguntas de locos. ¿Para qué seguirles el juego?" Sin embargo, deslizó la mano en su bolsillo y tocó las hojas de papel, dobladas apresuradamente.

—Sí, yo sí sé quién soy —su voz sonó firme, segura, sin intención de ser retadora. Por la forma en que los otros dos lo miraron, parpadeando al mismo tiempo, era obvio que no esperaban respuesta de ningún tipo. Tug pasó el dedo pulgar por el borde del papel y pensó en todo lo que había escrito en él: la comida que le gustaba, las cosas que podía hacer, su pulso, cuántos dientes tenía y su entrenamiento físico diario, sus temores secretos e incluso sus más íntimas esperanzas.

—¿Sí? —le apremió Doyle—. Ya que estás tan seguro, ¿qué harías el último día de tu vida?

Tug miró a través de la ventana la niebla que descansaba en el fondo del valle y la cadena gris y uniforme de montañas que se extendían, alejándose de la cabaña. ¿Qué podría hacer que fuera una síntesis de todo lo que sabía de sí mismo? ¿Qué podría satisfacerlo completamente, en cuerpo, mente y voluntad? ¿Qué actividad requeriría de todos sus sentidos, aptitudes y entendimiento? Durante un buen rato estuvo mirando por la ventana, haciéndose todas estas preguntas.

Entonces supo la respuesta. Nació en su mente, clara, hermosa y completa. Se levantó y se acercó a la ventana. Observaba la enorme cordillera de granito que se levantaba hacia el cielo en el otro extremo del valle principal. Se extendía por las alturas, casi recta y nivelada, desde el norte, donde sus despeñaderos se abrían verticalmente a partir de la cima, oscura contra el pálido cielo matinal, hacia el sur donde un gran risco la interrumpía.

—¿Qué es eso? —preguntó, señalándola—. ¿Esa montaña larga?

Doyle sonrió con burla, presintiendo su victoria, pensando que se había rendido.

—Es el Gran Límite de Ashdale. Muchas personas vienen a visitarlo durante sus hermosos paseos familiares. El risco que está donde termina se conoce como el monte Castle.

Tug aspiró profundamente, con calma.

—Les diré lo que haría el último día de mi vida. Correría. —Casi podía sentir el duro desnivel del suelo al decirlo—. Recorrería el Gran Límite de Ashdale en toda su extensión desde su inicio hasta el monte Castle, lo más rápido que pudiera.

—Otra idílica idea burguesa —dijo Doyle con sarcasmo.

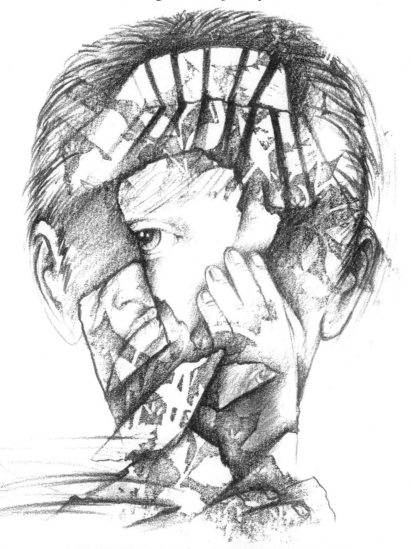

Tug negó con la cabeza; recordaba la fuerza gloriosa que parecía venir de la nada, cuando ya el cuerpo había dado todo de sí. El sentimiento de triunfo al saber que estaba en el límite, que era imposible esforzarse más. Eso era lo que deseaba; sin gente que le aplaudiera; sin una hermosa fotografía suya corriendo hacia el sol. Sin tratar de romper ninguna marca. Sólo hasta el límite de su resistencia y continuar, continuar. "Eso es lo que haría", pensó "sé que eso es lo que quiero y nadie puede convencerme de otra cosa. Quienquiera que yo sea."

—Termina tu desayuno, Tug —le dijo la mujer—. Se está enfriando.

Al sentarse la miró de soslayo. Deseaba hacerle entender que correr no era una hermosa fantasía, que lo había dicho en serio; sin importar cuál fuera el parentesco, era importante que ella lo comprendiera. Pero su rostro lo sorprendió: lo miraba con sus enormes ojos dorados, y su expresión era tan triste y aprensiva que de inmediato le hizo pensar en la pregunta que intentaba desechar de su mente, que había estado acechándolo durante toda la conversación.

—Así que... ¿éste va a ser el último día de mi vida?

Fue Doyle quien contestó, pensativo, como si se tratara de cualquier otra pregunta.

—Quizá... no. Va a ser el último día de la vida de alguien, pero no de la tuya, creo.

7:35 A.M.

Joe Slattery acomodó su cabellera lacia tras la oreja y se acarició el mentón.

—Oz —dijo Bella—. Ve a sacar a las gallinas. Después ve al llano y espéranos ahí. Si empieza a llegar gente, diles que Joe no tarda.

Oz hizo un puchero.

—Me quiero quedar y…

—Oz —lo interrumpió Joe—, éste es el único día del año en que necesito la ayuda de los vecinos. Quiero tratarlos con amabilidad —habló en voz baja, pero Oz se levantó en el acto y se dirigió a la puerta—. Oz, ni una palabra a nadie, ¿eh?

El niño miró por encima del hombro, haciendo un gesto de disgusto, azotó la puerta y cruzó el patio gritando. Joe miró la mesa.

—Pongamos esto en claro, señora Shakespeare —dijo lentamente—. Este chico, que usted cree que es su hijo, está viviendo en el valle del Desfiladero con una pareja que tal vez sean terroristas y estén armados, pero que tal vez no lo sean. No desea acudir a la policía porque teme que lo conviertan en otro asedio, si es que consigue que le crean a tiempo, lo cual parece poco probable. De modo que quiere que le ayude a resolver esta cuestión, que invierta las siguientes cinco o seis horas. Justo el día de la cosecha.

—Sí —respondió Harriet Shakespeare.

No había comido ni bebido nada desde que entraron; tampoco había hablado mucho, dejando que Keith y Jinny lo explicaran todo. Se había limitado a sentarse en silencio, al lado de Bella, observando a Joe intensa y desesperadamente.

Éste golpeteó con los dedos y miró a cada uno de los presentes. De repente preguntó.

—¿Alguna vez salen? Los Doyle, quiero decir

—Nunca los he visto juntos —contestó Keith, tartamudeando un poco en su afán de ser útil—. Creo que uno de… de los adultos va a la tienda todos los días. Mi mamá dice que encargaron dos diarios y que tienen que pasar a recogerlos.

Joe clavó la vista en el techo en el techo y se quedó otro rato así, golpeteando con la punta de los dedos. Después se enderezó en su silla.

—El plan es sencillo. Si todo el pueblo se junta y acude a la cabaña, nunca lograrán que el chico salga de la casa. Sería muy fácil que le pusieran un arma en la cabeza.

"¿En el valle del Desfiladero?", pensó Jinny. Pero se imaginó a la mujer-liebre con un arma y cambió de parecer. Era muy fácil imaginársela, demasiado fácil.

—Así que —continuó Joe— debemos hacer que salgan pero que dejen al muchacho dentro. Esto nos dará un poco de tiempo para aclarar las cosas. Y si todo es un malentendido, no se hará daño a nadie hi habrá disparos. La puerta tiene un cerrojo, ¿verdad, Keith?

Éste vaciló y los demás lo observaron ansiosos, conteniendo la respiración.

—Este… sí, claro que sí —dijo—. Tiene dos, uno arriba y otro abajo.

—Bien —repuso Joe—. Esto es lo que haremos. Dos de ustedes irán lo antes posible al valle a vigilar la cabaña. En cuanto salga uno de ellos por el periódico les enviaremos un caballo de Troya. Tendría que ser Jinny. Es la única cuyo tamaño no preocuparía a nadie.

Bella hizo como si fuera a expresar su desacuerdo, pero miró el rostro de Harriet y guardó silencio.

—Jinny entra a la casa con cualquier pretexto —Joe hizo un gesto con la mano, dando a entender que no importaban los detalles—. Mientras, el otro viene corriendo al llano a avisarme. Subiré con dos o tres hombres y tocaremos a la puerta. Tendremos unos quince o veinte minutos antes de que regrese el otro Doyle. En cuanto se abra la puerta, tomamos a quien abra y lo sacamos el tiempo suficiente para que Jinny eche el cerrojo. Después preguntamos lo necesario.

—Supón que no puedo entrar —dijo Jinny.

—De cualquier modo no habría problema —respondió Joe encogiéndose de hombros—. Nadie va a matarte sólo por intentarlo. Tendremos que preparar otro plan, eso es todo.

—¿Quién va con Jinny? ¿para vigilar? —dijo Keith.

Joe inclinó la cabeza:

—Tú, desde luego. La señora Shakespeare puede ir también, pero nadie debe verla. Este plan sólo tendrá éxito si ellos no sospechan nada, y si la ven por aquí tendrán buenas razones para desconfiar. ¿Hay alguna otra pregunta?

Por un momento todos permanecieron en silencio. Luego Harriet Shakespeare dijo vivamente:

—Es un buen plan. El mejor que podríamos haber ideado. Keith, Jinny…, ¿nos vamos?

Empezaba a apartar su silla cuando intervino Joe.

—Espere. Tengo una pregunta que hacerle.

Estaba muy pálido. Cuando todos voltearon a verlo, Jinny se dio cuenta de que todo el tiempo había estado esperando ese momento mientras explicaba su plan. Le sorprendió que se mostrara de acuerdo tan fácilmente. Sabía cuánto le disgustaba depender de otra gente o verse involucrado en sus asuntos. Ahora entendía que sólo había estado manejando la parte práctica antes de entrar en el verdadero meollo del problema.

Harriet Shakespeare captó bien la idea. Se puso pálida y apretó los puños.

—¿De qué se trata?

—Es la pregunta más sencilla de todas —murmuró Joe—. ¿Por qué? Aquí estamos, redondeando y puliendo un plan improvisado el día menos oportuno para mí. Quiere que interrumpa la cosecha y ponga a mi hija en peligro… y sin embargo, según Keith, el plazo vence el próximo viernes. Estamos a martes, ¿por qué tanta prisa?

—Ya le dije. El plazo real vence hoy, a las dos de la tarde.

Joe sacudió la cabeza.

—No tiene sentido. Normalmente los plazos se alargan, no se acortan. A menos que los demandantes estén seguros de que van a obtener lo que quieren.

—O que sus demandas sean falsas —agregó Keith. Casi no había hablado hasta entonces, pero había estado atento a todo—. A Gente Libre le gusta idear cosas para hacer que las personas reflexionen. ¿O me equivoco? ¿Qué tal si están utilizando sus demandas y el plazo que dieron al público para distraerlos, para que pongan su atención en algo distinto?

—Eres un genio —replicó Harriet con cierta fatiga—. Desde luego que tienes razón. El sitio ha servido para darle publicidad a sus ideas, pero lo que de de verdad quieren para respetar la vida de Liam es algo completamente distinto. Sólo yo sé de qué se trata… es todo lo que les puedo decir.

—No es suficiente —Joe se mostraba inflexible—. Tengo que saber qué es lo que le piden. ¿Por qué debo meterme en tantos problemas, si tal vez con sólo darles lo que quieren se resuelve todo?

—Pero si les digo —Harriet habló con lentitud, como si le estuviera explicando algo a un retrasado mental—, pondré en mayor peligro la vida de Liam.

Joe no lo pensó ni un instante:

—Me está pidiendo que arriesgue la vida de mi hija. Mi principal responsabilidad es mi familia.

Súbitamente la boca de Harriet dibujó una mueca. Explotó en una especie de risa, fuerte y amarga, que hizo que todos fijaran la vista en ella. Luego se sentó con la espalda recta y miró fijamente a Joe.

—Escuchen, entonces. Quiero que entiendan lo que Gente Libre me ha estado haciendo. Es un grupo diferente a todos los que he estudiado. Son astutos, cautelosos y dramáticos; tan violentos como cualquier otro grupo de terroristas, y les gusta la conmoción. También acostumbran desconcentrar a la gente, provocarla y hacerla pensar. Idean acertijos, cosas para que la gente reflexione, como dice Keith.

—Un sitio que en realidad no es un sitio en Londres —murmuró Keith—. Una familia que no es una familia en Derbyshire. Un sitio falso para ocultar un secuestro y demandas falsas para disfrazar otra cosa.

Harriet Shakespeare asintió con la cabeza.

—Casi has comprendido la idea. Pero no se han dado cuenta de cómo se relaciona esto con sus objetivos a largo plazo. Ustedes no han entendido aún cuál es la moraleja. Quieren poner a la gente en contra de la familia como sistema. Porque... pero creo que ya conocen la mayoría de las razones. —Hablaba muy de prisa, como si tener que explicarles la impacientara. De repente habló con lentitud al tiempo que se miraba las manos—. Si formaran parte de Gente Libre y desearan dar un golpe simbólico a la familia, algo que causara conmoción, que impresionara a todo el país ¿a cuál familia le pondrían una bomba?

Bella fue la primera en dar con la respuesta; dijo con voz entrecortada:

—Pero es imposible. ¿No podría impedirlo el cuerpo de seguridad?

—Sólo se necesita un fanático —dijo Harriet Shakespeare con dificultad—, un fanático con una bomba, entre la multitud correcta y en el momento correcto. A las dos de la tarde de hoy.

—Tiene que ser un fanático —dijo Keith—, también sería su fin.

—Pero ése es otro de sus juegos —dijo Harriet Shakespeare. Tenía la voz muy tensa, como si estuviera a punto de quebrársele—. Para que te acepten incondicionalmente en el grupo, tienes que decirles qué te gustaría hacer si supieras que vas a morir al día siguiente. Y después te obligan a hacerlo, te apuntan con el cañón de una pistola en la nuca. No sabes que el arma no está cargada hasta que escuchas el sonido del gatillo. Como pueden ver, están acostumbrados a la idea de la muerte.

—Sabe mucho de ellos —Jinny pasó un dedo por el borde de la mesa—. Debió haber pasado muchos años investigándolos. —Ahora veía todo con una claridad cristalina—. Y cuando usted se enteró de sus nuevos planes, secuestraron a Liam para que no revelara nada.

—¡Oh! —de manera impulsiva, Bella pasó un brazo por los hombros de Harriet Shakespeare, pero Harriet no se dejó abrazar. Permaneció rígida y decidida, como su voz:

—Un lindo problema, ¿verdad? —agregó—. Si aviso a la policía, matan a Liam y difunden que él tuvo que sufrir a causa de mis estúpidos principios, y que eso le sucedió por pertenecer a una familia. Si no lo hago —se aferró al borde de la mesa—, esta tarde habrá varias muertes, menos significativas para mí, pero mucho más sensacionalistas. Y Gente Libre anunciará que pertenecer a una familia corrompe; que el amor que siento por mi hijo interfirió con mi pasión por la verdad y la justicia. Esa pasión de la cual he hablado tanto. Es algo muy ingenioso. De cualquier manera, habrá una moraleja que le dará la razón al grupo de terroristas, y mucha publicidad —reclinó la cabeza sobre la palma de las manos y se quedó muy quieta.

Keith fue el primero en hablar, ruborizado y con dificultad.

—Tal vez le parezca torpe de mi parte, pero... usted dijo que los terroristas de Gente Libre son astutos; ¿no podría tratarse de una broma? ¿Que no existiera ni bomba ni fanático alguno: que sólo fuera un truco para averiguar lo que usted haría? Así, de todos modos tendrían su moraleja.

—Todo el tiempo he intentado hacerme a la idea de que se trata de eso —dijo Harriet con la voz quebrada—. Eso me pondría fuera de su anzuelo; y es el tipo de cosas que harían, como la ceremonia de iniciación. Pero en realidad tienen bombas. Es algo que sabemos con certeza. No puedo darme el lujo de correr el riesgo.

Levantó la vista. Estaba punto de perder el control, de ponerse a gritar. "La gente a la que quieres es la que siempre te atrapa así." Jinny recordó las palabras de Bella y, por primera vez, las entendió claramente. ¿Cómo podía Harriet Shakespeare tomar la decisión correcta si su propio hijo estaba involucrado?

Joe se levantó y rodeó la mesa hasta llegar al lugar de Harriet Shakespeare.

—Está bien, ahora entiendo la situación —concedió, mirando la abatida figura de Harriet—. Lo único que puede hacer es tomar la iniciativa e intentar rescatar a Liam antes de las dos. Roguemos por que esté ahí.

Por fin ella levantó la cabeza.

—Entonces, ¿me ayudarán?

Joe no le dio una respuesta directa. Miró hacia el otro lado de la mesa.

—No me toca a mí lo más peligroso. ¿Qué dices tú, Jinny? ¿Estás dispuesta a hacerlo?

—¡Oh! Claro que sí —saltó de su asiento. Sentía un gran alivio de poder hacer algo práctico después de tanta charla—. Pero vámonos lo más pronto posible. Estoy segura de que lo lograremos. ¿Nos acompaña, señora Shakespeare?

Harriet Shakespeare se levantó de su asiento.

—Sí, vamos. Sé que no puedo intervenir, pero con el solo hecho de estar ahí sentiré que estoy haciendo algo para rescatar a Liam. Es mejor que quedarse aquí esperando.

Estaban a punto de salir cuando Jinny se dio cuenta de que su segundo acompañante no las seguía. Se volvió y lo vio aún sentado a la mesa.

—¿Keith?

La expresión de su rostro era de abatimiento y disculpa:

—Miren... no me gustaría arruinar el plan antes de ponerlo en práctica, pero... supongan que fallamos. Supongan que Liam no está en la cabaña. Tenemos que pensar algo sobre esa bomba antes de poner manos a la obra. Avisarle a mi padre o algo, que la policía se entere. No creo que... —Keith parecía más afligido— sea justo jugar con la vida de las personas.

—¿Qué me dices de la vida de Liam...? —empezó a preguntar Jinny, pero Harriet Shakespeare le tomó la mano haciéndola callar. Miró a Keith: cada músculo de su rostro estaba tenso.

—Le he dado vueltas a ese argumento miles de veces. Tienes

razón, Keith. Por supuesto que tienes razón. Tuve que cambiar de parecer. —Suspiró; parecía que tenía dificultades para continuar hablando—. Llamé a la policía ayer, y si no sacamos a Liam de este lío antes de las dos de la tarde, seguro que morirá.

11:00 A.M.

La mujer cerró la puerta y giró la llave en la cerradura. Del exterior le llegó el ruido del automóvil al ser encendido por Doyle. Toda la mañana había estado de un humor extraño y voluble; ahora que el auto empezaba su tortuoso recorrido por el sendero, Tug sentía que su ánimo se levantaba.

—Por fin —musitó.

La mujer se volvió y durante un instante Tug observó en su rostro el reflejo del mismo sentimiento de alivio. Se sonrieron, como si fueran cómplices.

—Ma...

La sonrisa de la mujer se desvaneció.

—Apurémonos. Doyle va a regresar pronto. ¿Qué tal si primero recogemos lo del desayuno?

Tug comenzó a apilar los platos sucios.

—Estaba mejor cuando tenía que comer arriba en el ático, ¿no cree? Me atendían en todo. Aquí abajo soy un esclavo.

Se inclinó sobre la mesa para alcanzar la última taza y de pronto se quedó paralizado: sobre la silla en que la mujer había estado sentada se hallaba su arma, la enorme Kalashnikov. Al alcance de su mano. Sus dedos temblaron un poco al tomarla, pero la asió firmemente con ambas manos. Cuando se enderezó, la mujer estaba observándolo.

—¿Ya ves? —dijo ella con calma—. Doyle estaba en lo cierto. No tengo cuidado con esa arma; puedes dispararme y escapar, ¿verdad?

Tug se imaginó la escena mientras le apuntaba. No se necesitaba tener buena puntería a esa distancia; bastaría con tirar del gatillo. Tenía la sensación de que sería complicado vérselas con el seguro de la pistola, pero eso podía resolverlo. La explosión del arma de fuego y después... ¿qué? Tendría que hacer a un lado su cuerpo lleno de sangre para poder abrir la puerta, pasar sobre él antes de salir y perderse en las colinas.

En cierto modo, la escena no era del todo real. Eran imágenes sacadas de las novelas. Manteniendo el arma firme, apuntándole, le preguntó:

—¿Usted serías capaz de dispararme? En serio, quiero decir.

Se puso muy pálida y no le respondió de inmediato. Mientras ella dudaba, Tug se dio cuenta de que estaba esperando con ansiedad su respuesta. La miró con insistencia hasta que, finalmente, los labios de ella empezaron a moverse.

—Yo...

Entonces se oyó que tocaban la puerta.

Se quedaron estáticos, tensos; la mujer miraba intensamente a Tug.

—No se preocupe por mí —repuso él lentamente mientras bajaba la pistola y la ponía sobre la mesa. Luego tomó la pila de platos para llevarla al fregadero—. Solamente soy el sirviente de la casa. —Sin embargo, le parecía que la sangre le circulaba al doble de su velocidad normal y se quedó parado mirando la puerta.

La mujer introdujo el arma de Doyle en su bolsa y deslizó la Kalashnikov bajo un cojín. Después, lenta y tranquilamente, giró la llave y abrió la puerta.

—Hola —saludó una voz conocida, un tanto de prisa y sin aliento—. Papá me envía. Dice que les debemos un favor, por todas las molestias que les ocasionamos con el asunto del perro que andaba cazando a las ovejas. No le gusta deber nada.

Era la muchacha que había ido con el policía. Se veía muy pequeña y esbelta, de pie en el quicio con su delgada trenza y su rostro pálido y pecoso. Desilusionado, Tug se volvió hacia el fregadero, escuchando vagamente lo que decía, al tiempo que empezaba a lavar.

—Siento mucho lo del perro. Nos gustaría que vinieran a la cosecha, a ayudar. Bueno... no debe sonarles muy atractivo. Es como si les pidiéramos que hicieran nuestro trabajo, pero no es así. Va a acudir mucha gente y es una especie de fiesta. Hay mucha cerveza, pan casero, queso, jamón y el pastel especial que hace mamá, y...

—Qué pena —le interrumpió la mujer—. Mi esposo se acaba de ir. Es raro que no te lo hayas encontrado.

Tug captó el dejo de sospecha en la voz, pero la muchacha no parecía preocupada.

—Debo confesarle —repuso ella con alivio— que me esperé a que se fuera. Me intimida un poco.

—Bueno, pero tenemos que consultarlo —dijo la mujer. Ahora parecía sorprendida. Sorprendida y relajada.

—¿En serio? ¡Vamos! —De pronto la muchacha pasó al lado de la mujer y entró hasta la cocina, derecho al fregadero, y tomó a Tug por la manga—. Philip, convéncela. Es realmente divertido. ¡Es algo especial!

Tug estaba tan asombrado que dejó caer el trapo que tenía en la mano. Ella lo había tomado del brazo con tal fuerza que empezaba a lastimarlo, y lo miraba desesperada a los ojos, como si quisiera decirle algo muy distinto.

Pero antes de que él pudiera responderle, se escuchó un ruido afuera. Un automóvil subía por el sendero a toda velocidad, rugiendo y saltando los baches. La mujer miró hacia afuera.

—Doyle está de regreso —dijo, un tanto desconcertada.

Tug miró vagamente la expresión de terror de la muchacha, que había abierto desmesuradamente la boca y los ojos. Sin embargo, un instante después su expresión era normal y volteó hacia la puerta con una amable sonrisa.

La puerta del auto se cerró bruscamente. Se oyeron pasos que atravesaban el patio, levantando la grava, y Doyle irrumpió por la puerta. Estaba sin aliento y caminaba muy rápido, pero no parecía agitado o fuera de control. Había empezado a dar órdenes desde antes incluso de entrar a la casa.

—¡Nos vamos! —le gritó a la mujer—. Y trae al muchacho. Tenemos que irnos de aquí. Harriet Shakespeare anda cerca.

—¿Qué? —exclamó, azorada la mujer.

Tug retuvo el aliento e inclinó la cabeza. ¡Hank! Pero, ¿de verdad era Hank? Ahora no había tiempo para pensar en eso. Doyle había visto a la muchacha.

—¡Tráela también! —ordenó—. Y las armas. Y el radio.

Luego empujaron a los chicos al interior del carro. Sólo tenía dos puertas, y cuando los echaron al asiento de atrás y la mujer les apuntó desde el asiento del frente con la pistola pequeña, apenas se atrevieron a respirar.

La mujer estaba pálida. Sus ojos parecían haber crecido aún más y miraban fijamente a Tug y a la chica, parpadeando apenas mientras vigilaba cada movimiento. A Tug le parecía increíble que apenas cinco minutos antes la hubiera llamado Ma y se hicieran muecas uno a otro.

—Así que... ¿cómo te enteraste? —le preguntó a Doyle sin quitar la vista de los muchachos—. ¿La viste?

—No. Le di un aventón a esa niñita remilgosa de la oficina de Correos. Iba caminando en la misma dirección que yo, y me fue casi imposible ignorarla. ¡No deja de hablar! Es una chismosa por naturaleza —imitó la voz chillona y el tono estúpido de Rachel; Tug se dio cuenta de que era una buena imitación por la manera en que la muchacha lo miraba—: "A que no sabe quién tocó a la puerta de nuestra casa esta mañana. ¡A las seis y media! De veras me sorprendió verla. ¡Era Harriet Shakespeare!"

"Debe haber alguna razón para que ella haya venido", pensó Tug. Pero ya había dejado de confiar en sus pensamientos.

La mujer sonrió amargamente.

—De modo que la sacaste del auto y saliste corriendo hacia acá, sin importar que nos descubrieran.

—¿Crees que soy tonto? —dijo Doyle con desdén—. Le dije que había olvidado mi bicicleta. La invité a que bajara y me vine corriendo hacia acá.

Manejaba más aprisa ahora. Tug miró el cañón de la pistola y se puso a rezar. Poco a poco todo lo demás fue borrándose de su mente; lo único en que podía pensar era el pequeño y oscuro agujero: "Por favor, no dejes que dispare por accidente. Por favor, no dejes que apriete el gatillo por error." Estaba más asustado ahora que en todo el tiempo que había pasado con ellos; se daba cuenta de que la muchacha también estaba asustada, por su respiración rápida y entrecortada.

—Así que llegas como loco a la casa —dijo la mujer sin dejarse impresionar—. Cargamos con la otra chica y emprendemos la huida sin tener ningún plan.

—¿No entiendes? —gritó Doyle— Ese lugar se convirtió en una trampa desde el momento en que se enteraron que estábamos ahí. No hay forma de vigilar los alrededores y sólo tiene una salida. Necesitamos un lugar seguro donde podamos sentarnos a esperar durante dos o tres horas.

—¿Así que sí tienes un plan?

—Claro que sí y te enterarás de él dentro de poco, si es que tienes suficiente seso para entender... —habían tomado una curva y al salir de ella Doyle lanzó una maldición en voz alta.

Tug miró durante un instante la nítida imagen de un grupo de personas que caminaban por el sendero. Tres o cuatro hombres. Nunca los había visto, pero la muchacha golpeó la ventanilla y les gritó.

—¡Cállate! —de un manazo la mujer la lanzó sobre el regazo de Tug.

Doyle hundió el acelerador y enfiló derecho hacia los hombres. Hubo un momento de horror y confusión: rostros que se asomaban por la ventanilla, el ruido acallado de gritos y el golpeteo en la lámina del automóvil. Pero los hombres no tuvieron más remedio que dejar pasar al vehículo, y éste se alejó dando tumbos hacia el camino; ahí giraron a la izquierda, alejándose del pueblo, hacia el extremo del valle.

—¡Oh! —exclamó la mujer de pronto.

"Ya adivinó a dónde vamos", pensó Tug. Pero a él no se le ocurría qué lugar podría ser. Parecía que el pánico le paralizaba la razón.

Todo lo que podía percibir era el cañón de la pistola, el silencioso terror de la muchacha a su lado y el rostro de piedra de la mujer.

El automóvil subió por la empinada pendiente del camino a una velocidad que hacía chirriar los frenos, hasta que llegaron a la cima, donde terminaban los campos y empezaba el páramo. Doyle se desvió a la derecha y detuvo el auto en el borde del camino, frenando bruscamente. Después le arrebató la pistola a la mujer, abrió la puerta del automóvil y bajó, inclinando el respaldo del asiento hacia adelante.

—¡Bájense, los dos!

Tug y la muchacha salieron cautelosamente del vehículo y Doyle señaló con la pistola hacia el estrecho paso que se abría en el muro de piedra, a un lado de donde estaban.

—Caminen.

Al bordear las altas rocas, Tug oyó a Doyle murmurarle a la mujer:

—Cierra bien el auto y que no se te olvide la Kalashnikov ni la radio. —Después agregó en voz más alta—: Sigan, muchachos. Continúen caminando y recuerden que les estoy apuntando.

—Pero… no llegaremos a ningún lado por aquí —protestó la muchacha.

—¡Cállate y camina!

Salieron al páramo y el viento, fuerte y frío, los golpeó cuando abandonaron el refugio del muro de piedra. Tug miró a ambos lados, hacia el valle de la derecha, y supo dónde estaban. Caminaban a lo largo de la cordillera que veía desde la ventana de la cabaña: el Gran Límite de Ashdale. Tuvo la extraña sensación de que estaba soñando. Ya no existían pasado ni futuro, no había nada real con excepción del viento que le cortaba la cara, de los elásticos brezos y los resistentes arbustos que rozaban sus piernas. A su lado, la muchacha caminaba a su ritmo pero a destiempo. Como una persona que caminara junto a él en sueños, la chica sólo habló una vez, con una voz extraña y aguda.

—El Límite es bueno para recoger arándanos.

—Para el viento también —añadió Tug; su voz tenía el mismo tono que la de ella, extraño y agudo.

Caminaron como autómatas hasta que Doyle les ordenó con un grito:

—¡Alto! —El viento soplaba de frente, así que la orden les llegó como un pequeño hilo de sonido. Acababan de llegar al sendero que iba a todo lo largo del Límite; la estéril cima se extendía delante de ellos, plana y clara hasta el monte Castle. A su izquierda se abría una suave pendiente y, a la derecha, un precipicio de escarpados despeñaderos. Desde ese punto dominaban todo el panorama y nadie se aproximaría sin ser visto.

—¿Y ahora qué? —preguntó la mujer—. ¿El fin del mundo?

Doyle ni siquiera se tomó la molestia de sonreírle.

—Vigilaremos a las visitas.

No tuvieron que esperar mucho. Después de un breve lapso vieron acercarse dos automóviles pendiente arriba y detenerse al lado del camino. Tug observó a los que salían de los vehículos. Los hombres con los que se habían topado en el camino además de un muchacho alto y delgado de unos dieciocho años... y Hank.

Pero Tug aún se hallaba inmerso en la distante frialdad de su sueño. Observó a Hank entrar en el estrecho pasaje del muro y caminar en el páramo junto a los demás. Parecía extraña e irreal, como una figura que hubiera imaginado cuando era muy pequeño. ¡Habían sucedido tantas cosas desde la última vez que la vio!

Doyle dejó que avanzaran hasta que se hallaron a unos doscientos metros. Entonces tomó a la muchacha con rudeza por la trenza y la colocó frente a él. Con gesto deliberado e inconfundible, le apuntó a la cabeza con el arma.

—¡Alto ahí! —gritó con toda la potencia de su voz.

La voz viajó por el viento hasta el grupo que se acercaba; todos se detuvieron, mirándose entre sí. Doyle no soltó a la muchacha, sino que le torció la trenza hasta hacerla sentarse.

—¿Y ahora? —dijo la mujer.

Doyle sonrió y le pasó la pistola pequeña.

—Vigila. Voy encender la radio —se puso en cuclillas, colocó el aparato sobre un macizo de arbustos y sacó la antena en toda su extensión. Se puso a manipular el sintonizador, hasta que se produjo un sonido claro que superó al rugido del viento. Miró sobre su hombro hacia el grupo de personas; aún se hallaban a unos doscientos metros, sin osar acercarse más. Doyle sonrió.

—Siéntense —sugirió con suavidad—. Tenemos mucho tiempo. Vamos a esperar a que transmitan el noticiero.

"Por supuesto", pensó Tug, "¿por qué no?" Paralizado aún por el aturdimiento, le pareció bastante natural estar a la intemperie en un lugar lejano, esperando escuchar una voz impersonal. Se sentó con las piernas cruzadas en el suelo y se puso a observar la oscura bocina de la radio.

2:25 P.M.

El viento soplaba sobre la cabeza de Jinny, jugueteando con el fleco que le caía sobre la frente.

"Este viento es importante", pensó con desánimo. "Quizás sea el último que sienta en mi vida. Debo disfrutarlo." Pero no fue capaz de apreciarlo.

Cuando llamó a la puerta de la cabaña, en el valle del Desfiladero, había sentido miedo, pero se controló. De eso hacía menos de cuatro horas, pero parecía como si hubieran transcurrido años. Como si hubiera sido otra persona. Desde el momento en que Doyle entró intempestivamente a la casa, furioso y gritando, Jinny se había sentido embotada, rígida como hielo. No se sintió asustada, y sin embargo, al mirarse las manos, notó que le estaban temblando.

Pero no fue hasta que Doyle encendió la radio y ella se sentó a esperar los acontecimientos, cuando se sintió completamente desesperada. "Estamos esperando el noticiero." Sólo Jinny sabía que la noticia que esperaban nunca llegaría: no podía llegar. Sentada, observó la extensión del Límite y el valle, sin molestarse en escuchar el aparato, pues sabía que no tenía caso. No miraba hacia el lugar por donde habían llegado, porque sabía que no podría soportar la mirada de Joe. Se imaginaba que lo vería ojeroso y asustado, aunque estaba muy lejos para distinguir su rostro con claridad. Abajo, la gente llegaba y se iba; aparecieron los uniformes azules de la policía, un grupo de francotiradores buscando lugares para apostarse. Pero nadie había logrado acercarse más. Cada vez que alguien hacía un movimiento sospechoso, la mujer-liebre jalaba a Jinny y le apuntaba con el arma hasta que desistían. Se aseguraban, ella y Doyle, de escudarse siempre con el cuerpo de sus cautivos.

Lo peor de todo era que nadie hablaba. Jinny había intentado decirle algo al muchacho, pero Doyle se lo impidió de inmediato, tomándole la barbilla y volteándole bruscamente la cara hacia el otro lado. Ahora se hallaban sentados, evitando mirarse a los ojos.

Jinny evitaba también la mirada de la mujer-liebre. Era casi insoportable ver sus ojos dorados. Todo el tiempo se había sentido fascinada por esa mirada firme que ahora la vigilaba por encima del cañón de una pistola. Si hacía algún movimiento, la mujer-liebre la mataría. Pero lo más terrible y desconcertante era que no había cambiado nada; lo que la fascinaba, en primer término, era esa seriedad y energía que emanaba de ella.

—¡Escuchen! —dijo Doyle de pronto.

Habló con calma, sin levantar la voz, pero después del prolongado silencio fue como si hubiera gritado. Los demás se volvieron hacia él.

—Escuchen con cuidado estas noticias —reiteró sin expresión alguna en el rostro—. Todos. En especial tú, Tug. Ésta es la única que interesa. Esperamos una noticia sobre la muerte de ciertas personas importantes, que debió ocurrir a las dos de la tarde. Si dan la noticia, podemos decir que tus problemas terminaron.

—¿Y si no? —preguntó el muchacho, casi desafiante.

—Si no —murmuró Doyle—, sabrás que Harriet Shakespeare prefirió salvar la vida de otras personas que la de su hijo. Tal vez porque es menos importante.

"No es cierto", Jinny deseaba decirle al muchacho, cuyo rostro se había puesto blanco. "Es una gran mentira. Yo he visto cuánto te quiere."

Pero no se atrevió a decir nada, sino que se acuclilló junto a la radio para escuchar, al igual que los otros, el inicio del noticiero.

Disturbios en un país sudamericano.

Un informe acerca de que la economía podría mejorar en un lapso de seis meses.

Tránsito de ferrocarriles interrumpido por la amenaza de una bomba...

Ya era demasiado tarde. Todos se daban cuenta de ello. Un acontecimiento tan importante como el que esperaban siempre venía como noticia de última hora. O bien al principio de la transmisión, no al final. Si se hubieran producido las muertes de que hablaban, ya lo habrían anunciado. Pero Doyle escuchó hasta el último boletín; hasta el momento en que el locutor dijo: "Y eso es todo en nuestro noticiero. Espere la próxima transmisión..."

Apagó el aparato.

—Tenemos que hablar ahora.

—¿De qué tenemos que hablar? —preguntó el muchacho. Su voz aún tenía es ese extraño tono agudo y fío—. Me van a matar, ¿verdad?

Jinny apretó los puños, clavándose las uñas en las palmas de las manos. Pero nadie la observaba. Doyle y la mujer-liebre miraban al muchacho. Doyle asintió.

—De eso puedes estar seguro. No creas que hay forma de evitarlo. Pero antes... tienes que tomar una decisión. La última que se te presentará, y la más importante.

Hablaba con lentitud y claridad, como si quisiera asegurarse de que el muchacho entendiera. Señaló al grupo de personas que se hallaba junto al muro de piedra.

—Harriet Shakespeare está ahí. No me puedo imaginar cómo es que llegó aquí, pero creo que ya la viste.

—Yo la traje —lo interrumpió Jinny con desesperación—. Le hablé por teléfono y le dije que estaba segura de que él, Philip, era

Liam Shakespeare, y vino en cuanto pudo desde Londres. —Tomó el brazo del chico—. No hagas caso. No es cierto lo que dicen, ella te quiere. Está desesperada.

Doyle sonrió con desprecio, como pensando que todo lo que ella había dicho estaba fuera de lugar. Pero se dirigió al muchacho:

—Por supuesto que quiere a Liam Shakespeare. Pero no puede estar segura de que tú eres Liam, ¿o sí, Tug? Está muy lejos para verte bien. Y hasta que ella no esté segura, no puedes estar completamente seguro tú mismo. ¿O sí?

Su voz era cada vez más baja, hasta que casi se convirtió en un susurro; dejó que la última pregunta se perdiera en el silencio. Jinny no entendía de qué se trataba, pero vio palidecer al muchacho.

—Esto es lo que haremos —canturreó Doyle con el mismo tono de voz—. Le voy a indicar a Harriet Shakespeare que se acerque. Lentamente, de modo que podamos verle la cara y no nos perdamos el instante en que esté lo suficientemente cerca para estar segura de que eres Liam. En el momento en que cambie su expresión, sabremos una cosa o la otra.

—Y entonces —agregó el muchacho con la mirada fija en Doyle—, entonces me dispararás. Quienquiera que sea yo.

—No. Yo no voy a dispararte —murmuró Doyle alegremente—. Tu madre lo hará.

Jinny no entendía. Pero el muchacho volteó a ver a la mujer-liebre y le preguntó:

—¿Ma, de veras me...?

Doyle se echó a reír antes de que acabara de hablar.

—¿No crees que lo haría? ¿Aún no la conoces muy bien, eh? No tiene buenas referencias como madre. Hace doce años le quitaron a su bebé con cinco costillas rotas y una fractura en el cráneo que lo dejó mal del cerebro para siempre.

Jinny sintió cómo retenía el aire en sus pulmones al tiempo que giraba para observar a la mujer-liebre. Vio cómo se ponía rígido su largo y fuerte rostro. "Así que eso es lo que te persigue", pensó, pero no podía hablar. Tampoco el muchacho: continuaba mirando a la mujer-liebre.

—No has tenido suerte con tus madres, ¿verdad, Tug? —dijo Doyle—. Ninguna de las dos encaja en el esquema de una verdadera madre.

El muchacho siguió mirando a la mujer-liebre durante un rato más, y al cabo murmuró con torpeza.

—Usted me dijo que había una posibilidad.

—Sí, es cierto —le respondió Doyle—. Es muy sencillo. Puedes hacer lo que te he descrito: esperar a que Harriet Shakespeare te reconozca... o no. Esperar mansamente a que ella te ponga en una caja y la etiquete... a que te dé una cara detrás de la cual puedas esconderte, sea la que fuere, o...

—¿O? —Murmuró el muchacho. Jinny pudo adivinar, por el tono de voz, que él ya sabía la respuesta, y cuando Doyle le contestó lo hizo asintiendo.

—Exactamente. Puedes quedarte solo contigo mismo. Atreverte a hacer lo que decidas que es más importante. Que averigües si de veras es importante para ti o no.

—Lo que te ofrecemos —dijo la mujer-liebre con voz casi amable—, es la elección entre saber quién creen los demás que eres y saber quién eres en verdad, quién habita en tu cuerpo. Puedes escoger una de las dos cosas antes de morir, no ambas.

De pronto Jinny se sintió enojada, furiosa más allá de toda prudencia. El muchacho se veía enfermo, pálido y aterrorizado: los otros dos lo miraban casi sin parpadear, como si le succionaran la vida con los ojos.

—¡Son tan malvados como dijo Harriet! —gritó—. No les interesa en absoluto la gente. ¡Sólo juegan con ella!

Pero su intervención no sacó a los otros de su concentración.

—No es un juego —dijo Doyle tranquilamente—. ¿O sí, Tug?

El muchacho negó con la cabeza. Doyle cogió el arma más grande y se la tendió a la mujer-liebre. Ella metió la otra, la pequeña, en el bolsillo de su abrigo y tomó la Kalashnikov por la culata de madera.

—Bueno, pues —repuso Doyle—. Estamos listos, Tug. No creas que podrás evitar las balas. Esa arma tiene un alcance de unos trescientos metros, y tu madre es muy buena tiradora. No hay manera de escapar. Así que escoge.

De pronto, pareció que el viento era más frío y golpeaba con tanta furia el rostro de Jinny que se lo entumeció. Durante unos instantes no hubo sonido alguno, sólo el silbido del viento al pasar por las colinas.

—¿Y bien, Tug?

La primera reacción de Tug fue mirar a la mujer. Ella lo había golpeado y alimentado, lo había regañado por holgazanear y lo había consolado cuando despertaba asustado en las noches. Si no era su madre, sí había actuado, mal que bien, como una. ¿En realidad estaba dispuesta a matarlo ahora?

—Ma...

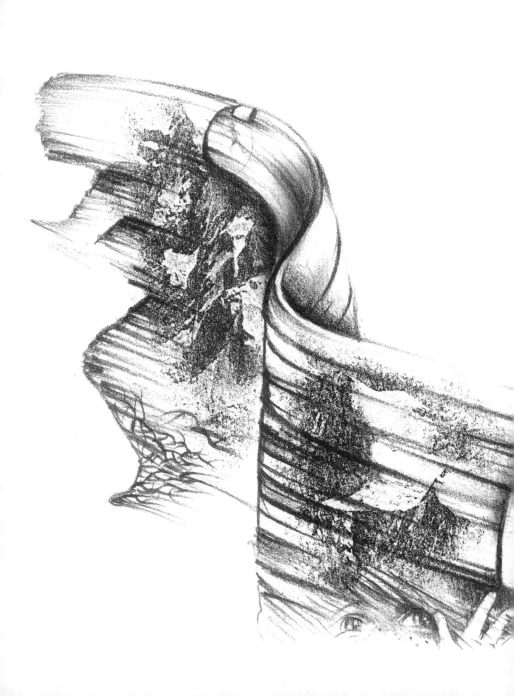

Pero no tenía caso continuar. Ella lo miró con su mirada rígida e inexpresiva. Durante unos instantes se sintió terriblemente herido, como si ella lo hubiera repudiado. Entonces se dio cuenta de que no iba a recibir ayuda alguna de su parte, pues ella sólo deseaba que él tomara una decisión.

Miró hacia la derecha, hacia la distante mole del monte Castle. Si corriera en esa dirección, ¿sería capaz de burlar las balas? Durante un momento se imaginó a sí mismo haciendo quiebres y saltando para esquivar los proyectiles hasta verse fuera de su alcance. Pero su sentido común entró en acción. No había refugio alguno donde esconderse en toda la extensión de la cordillera; al momento en que abandonara el sendero, los brezos y arbustos se interpondrían en su camino haciéndolo trastabillar. No había forma de escapar; iba a morir pasara lo que pasara. Pensar en cualquier otra cosa sólo era una forma de evitar tomar una decisión.

Tomar una decisión. En eso, su mirada se deslizó hacia la izquierda, donde se hallaba reunida la gente en espera de un desenlace. Recorrió el grupo lentamente con la vista hasta que distinguió a Harriet Shakespeare.

Estaba seguro, o casi, de que no estaba loco. De que ella era Hank, su madre. Pero se veía casi pequeña y lejana, en dos dimensiones, como si se tratara de una fotografía. No sólo estaban separados por una distancia física: entre los dos se interponía el embrollo confuso y complicado de su experiencia con Ma y Doyle. Había crecido sin ella. Incluso si en ese momento ella le dijera "Tú eres mi hijo", ¿qué significado tendría eso? No podía saber las cosas que él había descubierto acerca de sí mismo en los últimos días. Esperarla habría sido tanto como retroceder.

Sin embargo... ¿qué clase de monstruo sería si corriera en la dirección opuesta? ¿Si ella fuera su madre y él dejara que le disparan sin darle oportunidad de mirarlo a los ojos por última vez?

Los ojos de su muchachito.

Su... muchachito.

"¡Ay!, Hank..." y esa vez sabía que estaba llamando a una parte de su mente y no a otra persona. "¿Tú qué escogerías?"

De pronto, sin proponérselo, supo con toda certeza qué es lo que la verdadera Harriet Shakespeare diría, con una expresión fiera en su rostro endurecido. "Por amor de Dios, mi querido Tug, ¿tengo que decidir todo por ti? Tienes que confiar en tu propia persona, ser tú mismo."

La imagen de ella en su mente fue tan nítida que lo hizo sonreír. ¡Desde luego que era su madre! Lo sabía ahora, estaba seguro. La amaba y confiaba en que ella entendería... Y eso fue lo que lo hizo tomar la decisión sin vacilar más. Se levantó.

—Estoy listo —aseguró.

Dándole la espalda a Hank, empezó a correr alejándose de ella, a lo largo de la cordillera, rumbo al monte Castle.

—Jinny saltó como si alguien le hubiera picado las costillas. Era lo último que esperaba. No entendía por qué el chico se había lanzado corriendo en esa dirección. Tampoco comprendió la expresión que apareció en el rostro de la mujer-liebre, iluminando su mirada con un destello de orgullosa y fiera alegría.

Todo escapaba a su comprensión: lo único que entraba en su mente era la forma lenta y cuidadosa con que la mujer-liebre tomó el arma en sus manos.

—¡No lo haga! —gritó Jinny—. ¡No lo haga!

Se abalanzó hacia ella en un intento de hacer la pistola a un lado, pero no fue lo suficientemente rápida. Doyle la sorprendió por la espalda sujetando con fuerza sus brazos.

—¡Espera! —le siseó al oído—. ¡Espera a ver qué sucede!

"¡Demasiado aprisa! ¡Demasiado aprisa!", pensó Tug obligándose a bajar la velocidad. No tenía caso salir disparado como una piedra de una catapulta. No podría ganarle a las balas. Correría a velocidad moderada durante unos doscientos metros. Y aunque el miedo le pedía a gritos que corriera a todo lo que daba, obligó a su mente a concentrarse en planear su carrera de manera sensata.

Frente a él se alzaba el monte Castle. A tres kilómetros, más o menos. Era su meta, el objetivo que había que alcanzar. El viento soplaba con mucha más fuerza de lo que había creído, así que tuvo que lanzar su cuerpo hacia adelante, con la cabeza gacha y haciendo uso de su fortaleza. Estaba fuera de forma. Una rutina de ejercicios en un cuarto estaba bien, pero no podía sustituir a la carrera diaria.

Lejanos, apagados por el sonido del viento, escuchó gritos a su espalda, pero decidió no hacerles caso. Concentración. "Concéntrate", olvídate de Ma y de Hank. Olvídate de todo lo que no sea tu paso y el esfuerzo por mantener el ritmo de tus zancadas, el esfuerzo por mantener tu cuerpo avanzando hacia el dolor.

Jinny se puso a gritar. Su voz hendía el viento en un último y desesperado intento por hacer que la mujer-liebre bajara el arma.

—¡No es justo! ¡No es justo! Ustedes mismos hicieron una prueba parecida, yo sé que la hicieron. Y la pasaron. No pueden dispararle a Tug. No les ha hecho nada. ¡Están enfermos! ¡Los dos están locos! Sus ideas son locuras y…

Súbitamente, Doyle le tapó la boca con la mano, interrumpiendo sus gritos y casi impidiéndole respirar.

—Acaba de una vez, estúpida vaca —le dijo bruscamente a la mujer-liebre—. No tiembles o vas a fallar, y no tenemos mucho tiempo, ya se acercan.

Por el rabillo del ojo, Jinny observó que tenía razón: Harriet Shakespeare y los policías habían empezado a acercarse, listos para correr en cuanto escucharan el primer tiro.

La mujer-liebre afirmó las manos y levantó el arma, apuntándole al muchacho.

Tug ya estaba resintiendo la falta de entrenamiento y su estúpida forma de iniciar la carrera. El ritmo de su respiración no iba con el paso y el implacable dolor en las piernas se hacía más fuerte con cada zancada. Tal vez tendría que correr con más lentitud, e incluso caminar. ¿Había escogido este dolor para pasar los últimos momentos de su vida? ¡Debía estar loco! Sentía las piernas cada vez más pesadas, pero el movimiento era mecánico, inanimado. ¿Qué caso tenía morir sofocado? De cualquier manera, ¿qué caso tenía correr hacia el monte Castle? ¿Qué caso tenía hacer cualquier cosa, si iba a morir?

Muda e inmóvil en manos de Doyle, Jinny sintió que los últimos restos de coraje se le subían a la cabeza. Todo lo que había pensado, observado y planeado, desde que escuchó el ruido del automóvil que subía por el sendero, mientras ella y Joe se hallaban agazapados junto a la red tendida, hasta su último grito desesperado, interrumpido con violencia por Doyle, toda la preocupación que había sentido y todas las conjeturas hechas iban a terminar de esa manera. En cualquier instante, el sonido explosivo de un disparo iba a dejar a Harriet Shakespeare sin su hijo y a convertir a la mujer-liebre en una asesina; y no tenía la fortaleza suficiente para evitar lo que estaba a punto de suceder. Lo único que podía hacer era quedarse ahí, como un testigo pasivo. A pesar de todo, las cosas iban a terminar mal.

Cerró los ojos y abandonó su cuerpo flojo y débil, en brazos de Doyle.

Tug, sintiendo las piernas como una masa informe y el corazón a punto de salírsele del pecho, levantó la cabeza y miró la escarpada mole del monte Castle, nítida contra el cielo de fondo. Vagamente, tuvo conciencia de que en algún lugar de su persona estaba la fuerza suficiente para llegar ahí, porque eso era lo que había decidido hacer. Reunió sus últimos restos de determinación, fijó los ojos en el oscuro perfil del risco y se dijo: "Lo haré".

De pronto, como un milagro, sintió en todo su cuerpo una explosión de fuerza y empezó a correr en serio. A cientos de metros en el cielo, sobre Ashdale, él corría con todas las fibras de su cuerpo, a lo largo del Límite, con toda su fuerza de voluntad, con cada célula, con todo su ser.

Al mismo tiempo, Jinny escuchó a Doyle que gritaba:

—¿Qué esperas?

Había algo en su voz que la hizo abrir los ojos. Al levantar los párpados miró la expresión en el rostro de la mujer-liebre. Apenas manteniendo el control, a punto de ponerse a gritar. Tuvo la certeza de que había visto esa expresión antes, hacía muy poco, pero, ¿dónde?

No podía recordar qué se le figuraba, pues el parecido era muy improbable y ella buscaba imágenes de odio. Pero en fracciones de segundo la semejanza se le hizo clara. Cuando la mujer-liebre entrecerró sus ojos dorados, endureciendo la mirada, y su dedo se deslizó por el gatillo, se dio cuenta de que era Harriet Shakespeare la que tenía esa apariencia; una Harriet angustiada porque amaba a su hijo.

Sin comprenderlo del todo, Jinny se movió de manera instintiva; le mordió la mano a Doyle y se libró de él al tiempo que gritaba lo primero que le vino a la cabeza. Lo que Bella le había dicho.

—¡Lo quieres matar porque lo amas! Pero si lo haces, ¡sólo te destruirás a ti misma!

Los enormes ojos se abrieron de nuevo, sorprendidos. La mujer-liebre miró alrededor y bajó el arma. Mientras lo hacía, se escuchó el estampido de un disparo proveniente del arma de un francotirador, que recorrió toda la extensión del Límite. La mujer-liebre se llevó una mano al costado y se tambaleó.

Al instante, Doyle soltó a Jinny y se abalanzó sobre la Kalashnikov, pero la mujer-liebre fue más rápida. Haciendo un último esfuerzo, con un amplio movimiento de su brazo, lanzó la pistola al aire y ésta describió un gran arco, muy por encima de la cabeza de Doyle. Durante algunos momentos sólo fue el dibujo de una silueta en el cielo. Después se perdió de vista, al otro lado del Gran Límite de Ashdale.

Antes de desplomarse, la voz de la mujer-liebre se escuchó en el viento:

—¡Corre, Tug, corre! ¡Eres libre!

Harriet Shakespeare, que avanzaba hacia ellos dando tumbos por el escarpado terreno, gritó al mismo tiempo:

—¡Tug querido, todo está bien! ¡Estás a salvo!

El sonido del disparo le llegó a Tug a través del viento, y después oyó los gritos. En alguna parte de sus conciencia sabía que Hank y Ma le estaban gritando al mismo tiempo. Pero no se volvió, ni siquiera titubeó: tenía la cabeza en alto y sus piernas devoraban la distancia. El dolor, el viento y los gritos a su espalda no significaban nada. Lo único que importaba era su carrera, y la voz interior que exclamaba triunfante: "Éste soy yo. Aquí estoy, Hank. Aquí estoy, Ma. ¡Éste soy yo!" ◆

Comentarios finales de la autora

Si leyera *En el límite* por primera vez, ahora sé qué es lo que más me impresionaría: las familias. El libro está lleno de ellas. Gente Libre intenta destruir todas las familias, y quiere que Tug deje de creer en la suya. Harriet Shakespeare tiene que elegir entre su familia y su conciencia. Jinny debe vivir de una manera determinada por ser una Slattery y Keith tiene que hacerlo de otra porque es un Hollins. El libro entero debió haber partido de esa idea. ¿No?

Pues no fue así

No partió de esa idea en absoluto. Comenzó con una imagen, o, más bien, dos imágenes que llegaron a mi cabeza de la nada.

La primera era luminosa y exultante: un niño corriendo a toda velocidad por una cumbre, bajo el sol. No sabía por qué corría, pero sabía exactamente cómo se sentía. Feliz, emocionado y libre.

La segunda imagen era completamente distinta: una liebre, moviéndose con dificultad en un campo oscuro, olfateando todos los huecos de los setos y encontrándolos bloqueados. Y luego aterrorizada, corriendo frenéticamente hacia la verja, hacia una trampa. Las imágenes estaban vinculadas, pero realmente no sabía cómo. Flotaron un rato en mi cabeza y luego se unieron a otro vago proyecto. Pensaba que probablemente escribiría algo sobre un niño que era secuestrado por terroristas de un país imaginario, que peleaban por la libertad. Un día, esa idea me vino junto con las imágenes, y quise comenzar a escribir.

No era gran cosa: un par de imágenes y un pequeño fragmento de historia, sin muchos sucesos aparte del secuestro. Pero súbitamente, la sensación se hizo muy fuerte, y todo tomó consistencia en mi cabeza. Sabía que si empezaba a escribir terminaría haciendo un libro.

Así que comencé. Empecé con la descripción del secuestro. Eso fue fácil, pues tenía que ser corto y vigoroso, como un prólogo, y tenía que incluir la carrera.

Después del niño corriendo vino la liebre en la oscuridad, y eso también resultó sencillo. Obviamente, la persona que estaba cazando furtivamente a la liebre vio algo secreto y sospechoso.

Para entonces ya me había decidido por el plan de contar la historia de manera alternada, desde el punto de vista de Tug y desde el de Jinny. Eso quería decir que la tercera sección me trajo de vuelta a Tug y al momento en que despierta en un lugar extraño. Y proseguí sin tener idea de lo que iba a suceder.

Fue fácil describir cómo abrió los ojos y vio un techo desconocido. Era simple imaginar su confusión, cuando un extraño entró en la recámara. Y luego…

En ese punto me estanqué. Por más que lo intentaba, no podía imaginarme cómo se comportarían esos extraños terroristas cuando entraran al cuarto de Tug, o qué le dirían. Escribí esa sección una y otra vez, intentando una cosa tras otra, pero seguía sin cobrar vida.

Parecía que tendría que abandonar por completo la idea cuando, de repente, se me ocurrió una idea insensata: Los terroristas intentarían hacer creer a Tug que ellos eran sus padres.

Pero eso era descabellado. ¿Por qué lo harían? ¿Por qué habría Tug de creerles? ¿Cómo lo harían? Insensata o no, la idea comenzó a bullir en mi cabeza. Sentí como si estuviera frente a un reto. Pero la pregunta que más sonaba era la más esencial, ¿Funcionaría?

La única forma de descubrir la respuesta era intentándolo, así que reanudé la escritura... e inmediatamente, con increíble rapidez, todo fue tomando su lugar. Supe quiénes eran los terroristas y lo que querían; cómo trataban a Tug y por qué. Lo que Jinny pensaba de su familia, lo que sucedió en la casa de Keith, cómo se sentía Harriet Shakespeare...

En dos días había desarrollado mentalmente toda la historia, creando un esquema complicado y emocionante que estaba impaciente por explorar. Y la única forma de explorarlo era escribiendo el libro. Y eso hice.

Entonces, ¿*En el límite* realmente comenzó cuando pensé en el tema de la familia? ¿Abandoné la idea de las dos imágenes que me indujeron a escribir el libro?

No lo creo. Ahora, al voltear atrás, puedo ver que lo que me atrajo de esas dos imágenes era un cierto contraste que tenía que ver con la libertad y la individualidad. El tema de la "familia" es simplemente la otra parte de esa idea. La libertad y la limitación, la expresión propia y el trato con otras personas, sentirse en casa y estar atrapado; todas esa ideas se confundían de alguna manera con las sensaciones que me producían la liebre y el niño corriendo. De allí que esas imágenes se relacionaran con la idea del secuestro, y que surgiera el tema de la familia.

Sólo que, claro está, yo no sabía nada de esto hasta que escribí y desarrollé la historia.

Índice

Este libro se terminó de imprimir y encuadernar en el mes de mayo de 2004 en Impresora y Encuadernadora Progreso, S. A. de C. V. (IEPSA), Calz. de San Lorenzo, 244; 09830 México, D. F. Se tiraron 7 000 ejemplares.